四十八则忠的典故

影响一生的中华传统美德经典故事丛书

诸华 编著

中山大学出版社
SUN YAT-SEN UNIVERSITY PRESS
·广州·

版权所有 翻印必究

图书在版编目（CIP）数据

四十八则忠的典故 / 诸华编著. —广州：中山大学出版社，2016.5
（影响一生的中华传统美德经典故事丛书）
ISBN 978-7-306-05567-5

Ⅰ.①四… Ⅱ.①诸… Ⅲ.①故事-作品集-中国 Ⅳ.①I247.8

中国版本图书馆 CIP 数据核字(2015)第 314572 号

四十八则忠的典故

出 版 人：	徐　劲
策划编辑：	诸　华
责任编辑：	邓启铜
封面设计：	林棉华
责任校对：	邓启铜
责任技编：	黄少伟
出版发行：	中山大学出版社
	编辑部电话　(020) 84111996，84111997，84110779，84113349
	发行部电话　(020) 84111998，84111981，84111160
地　　址：	广州市新港西路135号
邮　　编：	510275　　传真：(020) 84036565
网　　址：	http://www.zsup.com.cn
E - mail：	zdcbs@mail.sysu.edu.cn
印 刷 者：	佛山市浩文彩色印刷有限公司
规　　格：	700mm×1000mm　1/16　6.5印张　150千字
版次印次：	2016年5月第1版　2016年5月第1次印刷
定　　价：	18.80元

本书如有印装质量问题影响阅读，请与出版社发行部联系调换

  弘扬优秀中国传统文化，移风易俗，拯救社会道德滑坡，必须从德育抓起，必须从少年儿童抓起。民国初年，湖州老儒蔡振绅找到志同道合者，以正史中的故事为依据，按中华传统美德"四维八纲"即"孝悌忠信，礼义廉耻"八方面，共集了七百六十八个经典故事，这些故事都是历史上耳熟能详、感人肺腑的典故，少年儿童从小熟悉这些故事，不但可以将中华传统美德植根于内心，更可以熟悉历史，从而受用终身。

  我们取其精华，弃其糟粕，从中各挑选四十八则经典故事，编译成这套"影响一生的中华传统美德经典故事丛书"，以期在中小学弘扬优秀传统文化的教学实践中，增加学生的道德修养和历史知识的积累。达成此初衷，是我们的荣幸。

编著者
2015.7.31

目录

一 龙逢极谏 / 002	十三 史鳅正君 / 026
二 比干争死 / 004	十四 齐姜重国 / 028
三 樊姬进贤 / 006	十五 虞娟谏君 / 030
四 女婧谏槐 / 008	十六 张良复仇 / 032
五 伯嬴守宫 / 010	十七 纪信代死 / 034
六 钟离陈殆 / 012	十八 苏武牧羊 / 036
七 魏负匡君 / 014	十九 日磾笃慎 / 038
八 庄侄童谏 / 016	二十 丙吉护储 / 040
九 逐女愚辞 / 018	二十一 朱云折槛 / 042
十 子文告新 / 020	二十二 陵母伏剑 / 044
十一 申生忧国 / 022	二十三 冯妃当熊 / 046
十二 御己农谏 / 024	二十四 樊哙鸿门 / 048

目录

二十五 许杨械解 / 050
二十六 班超不疚 / 052
二十七 张纲埋轮 / 054
二十八 苟刘保城 / 056
二十九 嵇绍卫帝 / 058
三　十 朱韩新城 / 060
三十一 敬德瘝痍 / 062
三十二 真卿劲节 / 064
三十三 元方举知 / 066
三十四 李绛善谏 / 068
三十五 李沆不阿 / 070
三十六 长孙规谏 / 072
三十七 仁杰直奏 / 074
三十八 韩休峭鲠 / 076
三十九 韩琦撤帘 / 078
四　十 王旦荐贤 / 080
四十一 岳飞报国 / 082
四十二 红玉桴鼓 / 084
四十三 蓝姐捕盗 / 086
四十四 孝孺斩衰 / 088
四十五 于谦勤王 / 090
四十六 守仁求心 / 092
四十七 良玉破贼 / 094
四十八 钟同感马 / 096

践行社会主义核心价值观

富强 民主 文明 和谐 自由 平等

公正 法治 爱国 敬业 诚信 友善

植根于中华传统美德的四维八纲

孝悌忠信 礼仪廉耻

本书的经典故事将影响孩子的一生!

一 龙逢极谏

夏王朝最后一个君王夏桀，他凶暴残虐，完全没有道德，作威作福。他知道民心不顺从自己，所以假借上天的名义进行诬罔，在诸侯国里流毒横行。来进谏劝阻的人往往被他处死。大臣关龙逄向夏桀进谏说："古代的君王，讲究仁义，爱民节财，因此国家长治久安。如今您如此挥霍财物，杀人无度，您若不改变，人心已经背离了您，天命也不会保佑您的。那么国家的灭亡也就不久了！您何不稍稍改过一些呢？"夏桀不听，龙逄就站在朝廷上不肯走。夏桀大怒，于是把龙逄杀死了。

二 比干争死

殷朝的比干,是纣王的叔父,他在纣王身边任少师的官职。比干看着纣王纵欲放荡,感叹道:"主上暴虐,不去劝谏,就是不忠;怕死不说,就是不勇。主上有过失就该去劝谏,若主上不用我的谏议的话,那么我就以死相争,这才是忠到极点啊!君王有了过错,做臣子的却不以死力争,那么百姓又有何罪要遭这些孽呢?"于是他到纣王那里强谏。纣王十分生气,说:"我听说圣人的心有七个孔窍。"于是残暴地把比干的胸膛剖开来看。后来周武王带领诸侯王讨伐纣王,灭了殷朝,为比干增修坟墓,以旌表其功勋。

三 樊姬进贤

周朝楚国的庄王,喜好打猎。他的夫人樊姬用言语劝阻他,庄王不听,于是樊姬就用不吃肉的行动来劝谏他。庄王被感化觉悟了,不再沉溺于打猎,而是对于国家政事勤勉起来。楚庄王时常称赞丞相虞邱子的贤德,樊姬说:"这未必算是一个忠臣。我服侍君王十一年,曾经访求品貌俱佳的女子进献给君王。其中比我好的有两个人,和我同等的也有七个人。现在虞邱子在楚国为相十多年,除了他自己的子弟、同姓亲戚以外,很少有举荐过其他人才。难道贤人真的是像这样的吗?"虞邱子听了这番话,觉得非常惭愧,于是就举荐了孙叔敖。三年后,孙叔敖果然以其贤能辅佐楚庄王在诸侯国中得以称霸。

四 女婧谏槐
sì nǚ jìng jiàn huái

周朝时齐国的景公，有一株特别喜爱的槐树。他派遣了一个叫衍的人去守护这株槐树，并下令说："倘若有人侵犯了槐树，将被处以刑罚；如果伤害了槐树，就要被处死。"有一天衍因为酒醉，伤害了槐树，齐景公大怒，要处死衍。衍的女儿名叫婧，就到相国府去拜见宰相晏子。婧对晏子说："我的父亲，触犯了大王的命令，本来罪当处死。但是贤明的君王治理国家，是不会因为小小的物事，而害及人的性命的。现在君王因为一株槐树而要杀死我的父亲，我担心有伤执政者的法度，损害贤明君王的道义。邻国的人们将会说君王爱惜树，却看轻人民的性命。"晏子听后觉得很有道理，就去向齐景公细述因槐树而判人死刑的危害，齐景公立刻醒悟了，赦免了衍的死刑。

五 伯嬴守宫

周朝时楚国的平王的夫人,名叫伯嬴,她是楚昭王的母亲。吴国来讨伐楚国时,楚昭王出逃到国外去了。吴王阖闾便把楚昭王后宫所有的女子,全都抓去充做自己的姬妾。吴王的人来抓伯嬴的时候,伯嬴手里拿着一把刀,守住宫里的长巷,对来者说道:"亲近我身体的人一定要死,有什么乐趣呢?倘若要杀了我,就是杀害国君之母的罪名,对于你们有什么益处呢?"吴王阖闾听说后,感到很惭愧,就叫手下退回去了。伯嬴和保母于是关闭了长巷里的大门,手里始终没有放下兵器。过了三十天,秦国的救兵到了,楚昭王也回到了楚国。

六 钟离陈殆
liù zhōng lí chén dài

周朝时齐国的钟离春,是无盐地方的女子。她的容貌丑陋粗鄙,举世无双。她的头长得像石臼一样,两只眼睛深陷进去,身材高大强壮,四肢粗大,鼻子向上仰露,喉咙有喉结,脖子又粗又肥,头发稀少,腰身弯曲,胸前挺出,皮肤像漆染过一般,年纪将到四十岁,还没有出嫁。钟离春亲自去晋见齐宣王,坦率地陈述了齐国面临的四种危险,言辞正当,理由充分。齐宣王很赞许她的话,就将她纳为夫人,并且完全改变了从前的行为。齐国因此一派安定。

七 魏负匡君
qī wèi fù kuāng jūn

四十八则忠的典故

周朝时魏国曲沃县有个老妇人,她是魏国大夫如耳的母亲。当时魏哀王替儿子娶媳妇,听说那未过门的新妇长得很美丽,于是就想自己娶来做夫人。老妇人对儿子如耳说:"国君现在不守伦常之别,你为什么不去纠正他呢?你向国君谏言,是为了尽自己的忠心;尽自己的忠心,是为了消除国家的祸患,不能错失这个劝谏的机会啊!"如耳想进言劝谏,却没有机会,又恰巧要出使到齐国去,于是老妇人就自己去劝谏魏哀王。哀王觉得她说的话有道理,就把新妇还给了他儿子,并且赏赐老妇人二百石的米。等到如耳回来,哀王又授予他爵位。

八 庄姪童谏

周朝时楚国有个叫庄姪的女孩,她是县令的女儿。当时楚国的顷襄王,喜欢讲究建筑台榭,不按时令行事,年龄快到四十岁了,还没有立太子。想劝谏的人,因言路被堵塞无从劝谏,大夫屈原也遭放逐。秦国想趁楚国防备松懈的时候袭击它,于是派遣张仪去离间。那时候,庄姪年纪还只有十二岁,向她母亲请求说愿意去劝谏顷襄王。母亲因为她年龄太小而不答应。庄姪于是就拿着旗子躲在路边,等顷襄王出国门就举着旗子求见。她向襄王直言陈述了君王的三难和五患。顷襄王认为她很特别,就把她载回去,立做夫人。庄姪为顷襄王细细陈述关于节俭爱民方面的事情,顷襄王改变了行为,楚国从此又强盛起来了。

九 逐女愚辞
_{jiǔ zhú nǚ yú cí}

周朝时齐国有一个孤逐女,是即墨地方的人,幼小时就没有了父亲,面貌长得丑陋。当时刚好齐国里相国的妻子死了,孤逐女亲自去见齐襄王,对守门的人说:"我三次被乡里驱逐,五次被里中驱逐,没有了父亲,无处容身,被摈弃在野外。现在我愿意当着君王的面,说出自己全部的愚见。"左右的人就把这个事情禀告了齐襄王。襄王当时正在吃饭,就停止了进餐,起身去见那个孤逐女,和她谈了有三天之久。齐襄王从此敬重相国起来,并且把孤逐女许给了相国做妻子。齐国由此得到大治。

十子文告新
shí zi wén gào xīn

周朝时楚国斗伯比的儿子，初生时被丢弃在云梦草泽中，由老虎来给他喂乳，后来才又抱了回来。楚人称"乳"为"穀"，称"虎"为"於菟"，所以把他叫做"斗穀於菟"。斗穀於菟，字子文，是楚国的宰相。他上朝时候穿着黑布做的礼衣，在家里时穿着鹿皮做的衣服；每天到太阳下山的时候才回家里吃饭，不分昼夜，把全部心思都用来为国事而忧虑勤劳了。楚成王每每在朝上准备些干肉干粮给他吃。等到成王要赏赐他俸禄时，他就逃走不接受。当初斗般杀了楚文王的弟弟令尹子元时，斗子文捐献出自己所有的家产，来帮助国家度过危难。斗子文三次担任宰相，都面无喜色；三次被免职，又都没有烦恼的颜色。他当宰相时的政务政策，一定都详细告诉继任的宰相。孔子也称美他的忠心。

shí yī　shēn shēng yōu guó
十一　申生忧国

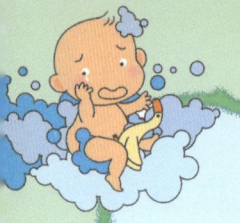

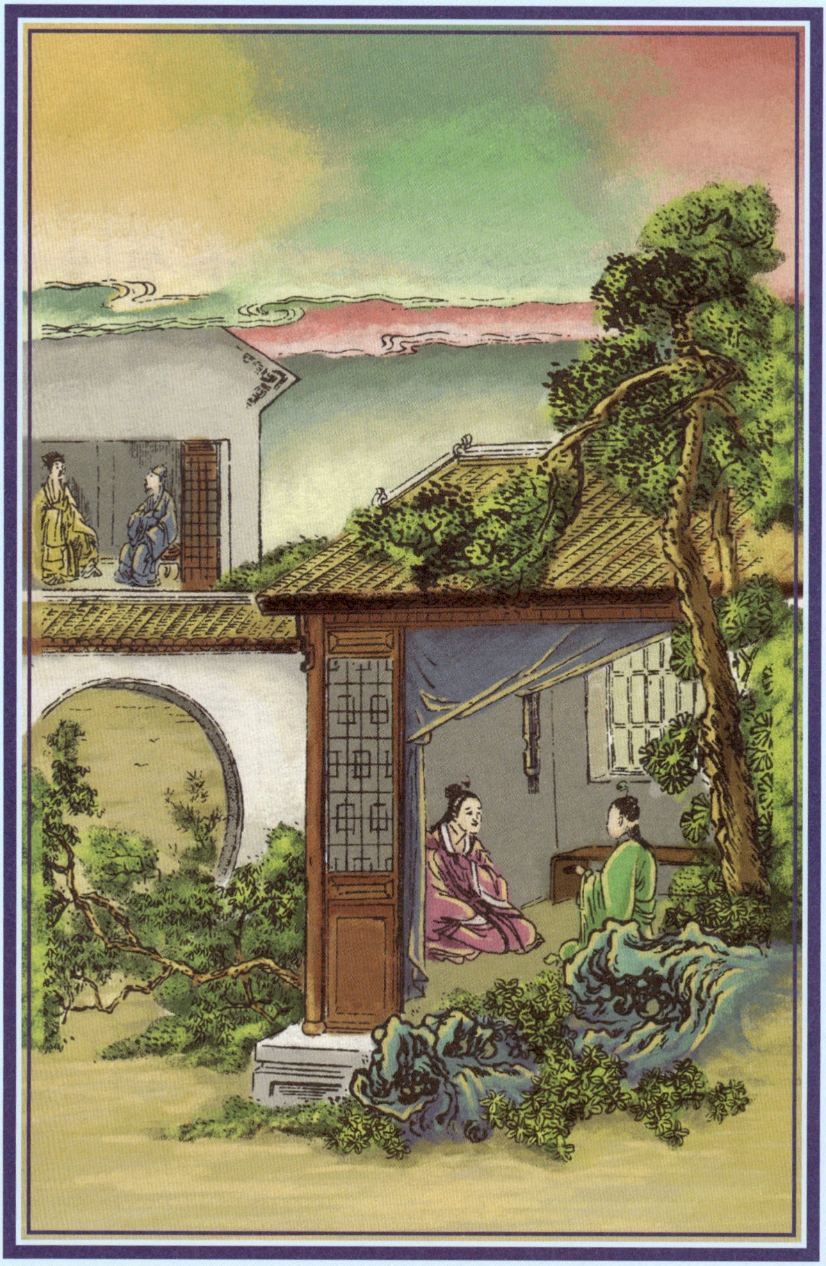

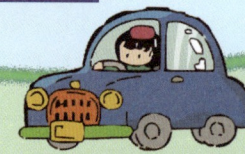

周朝时晋国的献公听信了骊姬的谗言,将要把世子申生杀了。公子重耳对申生说:"你何不把你原来的志向告诉君王呢?"申生不肯。重耳又说:"你既然这样,那么你何不出走呢?"申生也不肯。后来申生派人去向狐突辞别说:"我们的君王年纪老了,他的幼子年纪还小,国家又多灾多难。伯氏不出来替我们的君王筹划安邦定国之计便罢,伯氏如果出来替我们的君王筹划国事,申生蒙受您的恩惠,甘愿一死。"于是拜了又拜,行了最恭敬的叩头礼后就自杀了。因此申生被谥为"恭世子"。

十二 御己农谏
shí èr yù jǐ nóng jiàn

周朝时楚国的庄王建造了一个高台,有一百里那么长,大臣中劝谏楚王不要造这个台的人都被处死了。有个叫诸御己的种田人,在楚国百里以外的郊野里种田,他对着同他并肩耕地的人说:"我要去劝谏楚王。"同伴说:"我听说劝谏国王的人,都是谙谏通达的人。现在你不过是个老农夫而已,凭什么去劝谏呢?"诸御己说:"你同我并肩耕地,那么我们两个人的力量是相等的。至于去劝谏国王,我和你两个人的智慧就大不相同了!"于是就停下耕作,到楚宫里去劝谏楚王。楚王认为他说得很好,于是停止了建高台,也就免去了百姓所承担的劳役。

shí sān shǐ qiū zhèng jūn

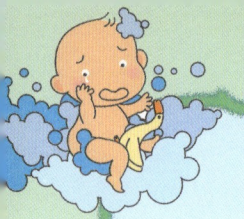

十三 史鰌正君

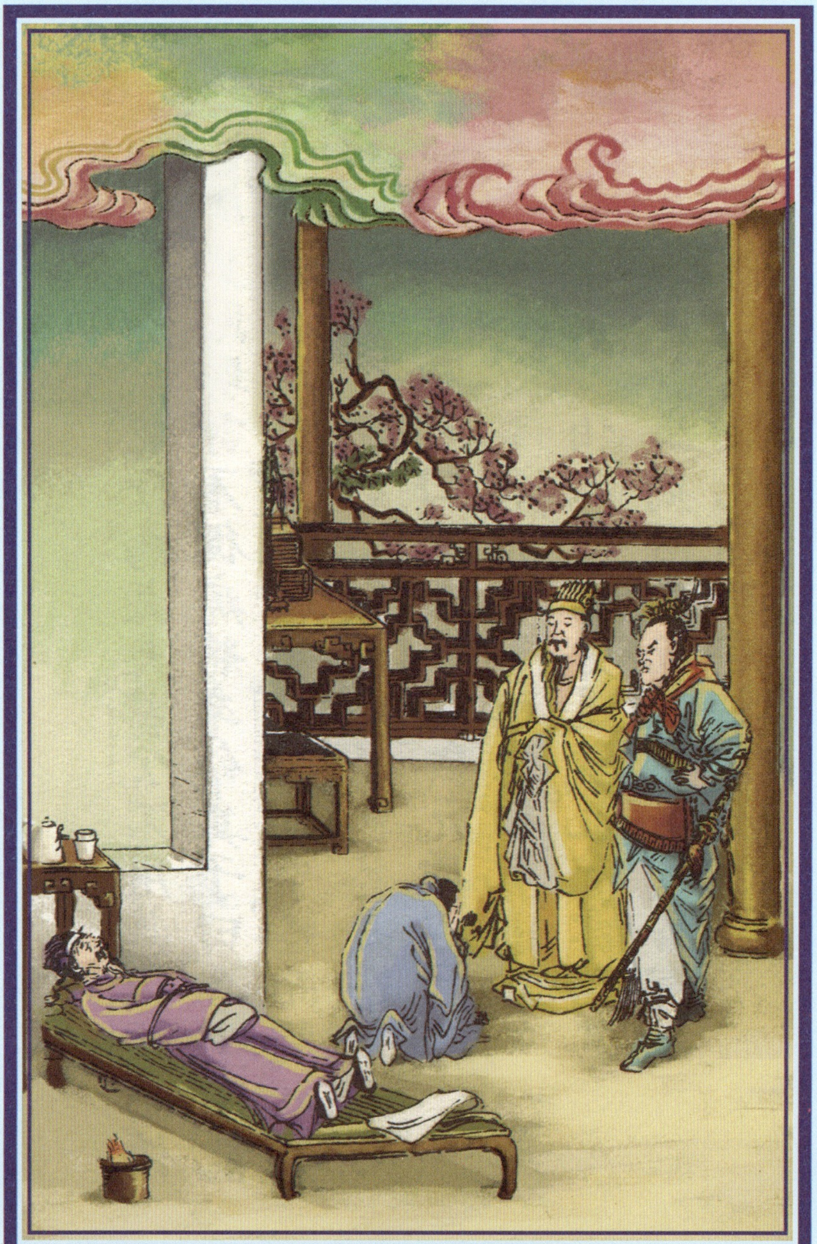

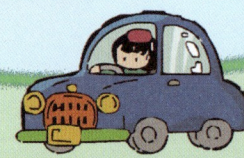

周朝时卫国的史鰌,字子鱼,是卫国的大夫。卫灵公不任用贤人蘧伯玉,却任用佞臣弥子瑕。史鰌屡次进谏,卫灵公都不肯听。史鰌生了重病,临终时告诉儿子说:"我活着的时候,没能纠正君王的过失,死后没有什么可用来使礼完备的,就把我的尸体放在窗下吧。"史鰌死后,卫灵公去吊丧,看见史鰌的尸体放在窗下,觉得很奇怪,就问原因。史鰌的儿子把父亲的遗嘱说给卫灵公听。灵公听了很吃惊,说:"这是我的过失啊。"于是进用了蘧伯玉而斥退了弥子瑕。孔子听说这件事,赞叹道:"正直啊,子鱼!已经死了还要用尸体去劝谏人主。"

shí sì qí jiāng zhòng guó
十四 齐姜重国

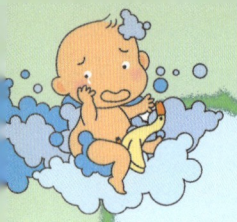

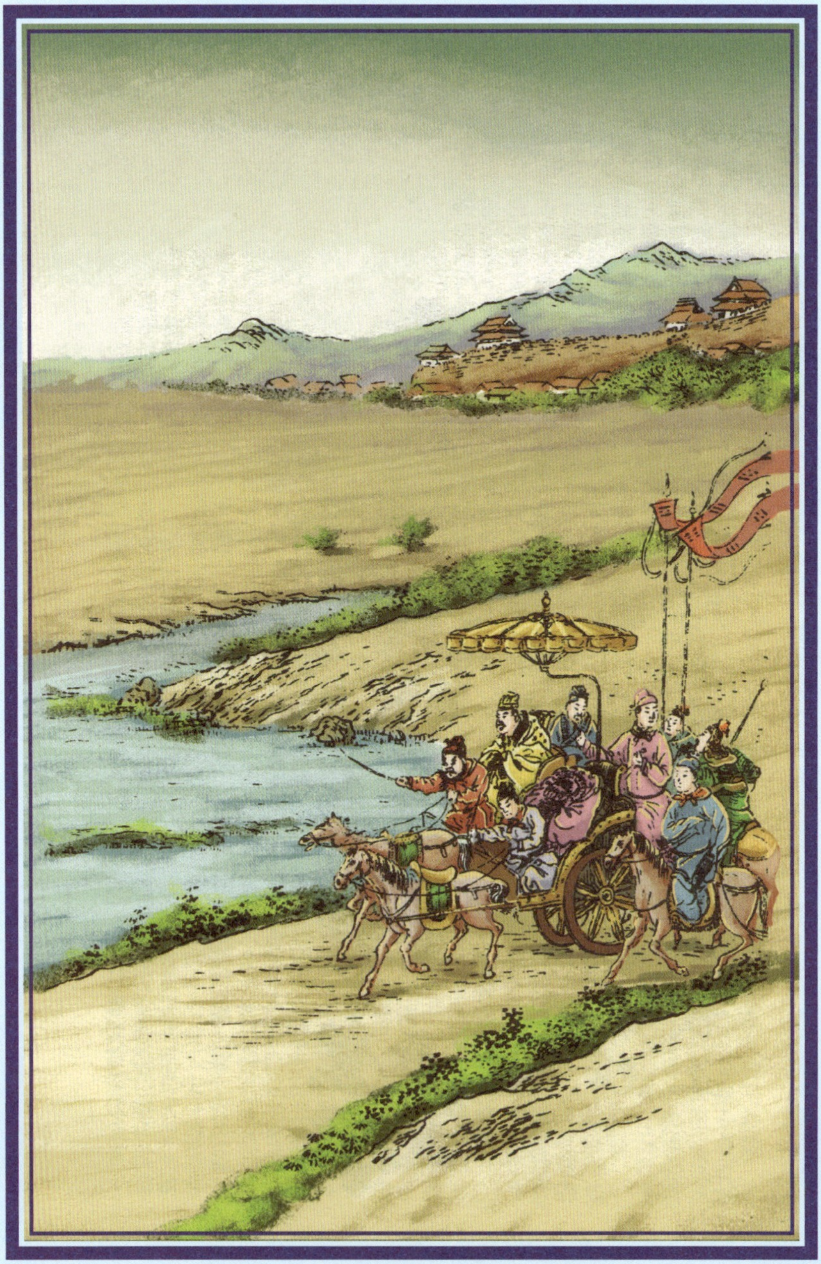

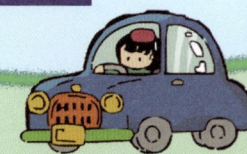

周朝时晋国公子重耳和他的舅舅子犯逃到齐国去了。齐桓公把齐姜嫁给重耳做妻子,并且对待他非常的好。重耳有马八十匹,便很安心地在齐国住下了。子犯知道重耳已安于留在齐国了。子犯想要离开齐国,又担心重耳不肯走,于是就和重耳的随从在桑树下商量这件事。重耳的一个小妾因为养蚕,当时就在树上,她把这件事报告了姜氏。姜氏怕泄露消息,便把她杀了,然后勉励公子重耳要以晋国为重。公子重耳听了,心里不为所动。齐姜就用《周诗》来开导他,公子重耳依旧不肯听从她。齐姜便和舅舅子犯商量,用酒把重耳灌醉了,然后用车子载了他离开齐国。后来秦穆公用军队把公子重耳送回到晋国去,重耳后来做了晋国皇帝,就是晋文公。晋文公把齐姜迎回晋国当夫人。后来晋文公称霸天下,成为"春秋五霸"之一。

十五 虞娟谏君

周朝齐国的国君因齐,登位有九年了,却不去治理国家的政事。奸臣周破胡独揽大权,蒙蔽君主。齐国即墨县的大夫贤良,周破胡天天在国君那里诋毁他;阿县的大夫不贤,周破胡却天天在国君那里称美他。齐侯的夫人虞娟就去劝齐侯说:"周破胡好谗毁阿谀,不能不除掉。"可是齐侯不肯听她的。周破胡知道后,非常仇恨虞娟,就编造罪名中伤、陷害她,把她抓了起来。审讯官得到了周破胡的贿赂,就捏造了供词上报给齐侯。齐侯看到供词有不符合的地方,就把虞娟召来亲自审问。虞娟自己先承认了两种罪名,再去劝谏齐侯。齐侯察明了实情,于是就赐给即墨县的大夫一万户户口做俸禄,把阿县的大夫和周破胡两个人放在锅里煮了,开始勤勉、用心地去治理国家。齐国慢慢强大起来了。

十六　张良复仇
shí liù　zhāng liáng fù chóu

汉朝初期的张良,他的祖父、父亲先后在韩国担任过五代韩王之相。秦国灭亡了韩国,张良就把家里的财产都散去了,计划着复仇后,恢复韩国。后来他重金买通了一个大力士帮助,在博浪沙这个地方暗中埋伏,伺机袭击秦始皇,结果飞锥误中秦始皇的副车。秦始皇四处搜索张良下落而不得。后来张良跟随汉高祖刘邦灭亡了秦朝,韩国立韩成为王,张良回到韩国做宰相。等到韩王成被楚霸王项羽杀害之后,张良又去帮助汉高祖刘邦消灭了项羽,平定了天下。因为他的功劳巨大,所以被刘邦封为留侯。

十七 纪信代死

汉朝的将军纪信,服侍汉王刘邦一起守在荥阳城里。楚霸王项羽攻打荥阳城到了极其危急的关头,汉王无法突出重围逃脱。纪信就请求和汉王互换衣服,坐着汉王的车子,插着汉王的旗子,从东城门出去欺骗楚兵。而汉王就趁机从西城门逃走了。纪信于是被楚军用火烧死了。后来汉王打下天下,做了皇帝,就在顺庆为纪信造了一座庙,叫"忠佑庙"。谐词里说:"以忠殉国,代君任患,实开汉业。"

十八 苏武牧羊

汉武帝时期,苏武拿着使臣的符节送匈奴国来的使臣回国。匈奴国的单于想要迫使苏武投降,苏武不降,于是拿刀刺自己,差点断了气,过了好半天才有了呼吸。单于把苏武幽囚在大地窖里面,不给他喝的吃的。天下雪,苏武就嚼雪和毡毛,吞下充饥。匈奴又把苏武迁移到北海边没有人的地方,让他放牧公羊,说等到公羊生了小羊羔才能归汉。苏武便挖掘野地里的老鼠和它储藏的草实来吃。这样过了十九年才得以回到汉朝。汉宣帝赐予他关内侯的封爵。

十九 日䃅笃慎

汉朝金日磾,本是匈奴王的儿子,到了汉朝之后,做了专门为汉武帝养驾车马的官职。他的大儿子是武帝身边供玩弄的幼童。有一天,他的大儿子偶然和宫里的人戏谑,金日磾见了非常生气,就把大儿子杀死了。皇上为金日磾大儿子的死流了泪,但是心里很敬重金日磾。后来皇上想把金日磾的女儿娶到后宫里,金日磾不肯。皇上晚年时生了病,嘱咐大臣霍光辅助少子。霍光就把这个重大的责任荐让给金日磾,金日磾说:"我是一个外国人,假使我担当了这个职责,那么就会使匈奴国看轻了汉人,以为汉朝没有人了。"于是金日磾就做了霍光的副手。

二十 丙吉护储
^{èr shí bǐng jí hù chǔ}

汉武帝时期,丙吉负责处理当时的巫蛊案。当时宣帝生下来只有几个月大,他是武帝的曾孙,其祖父卫太子刘据捕斩江充,发兵造反获罪,因为连坐,宣帝一同被关进了监狱。丙吉知道他是无罪的,就保护养育他。后来武帝下诏令:凡是关在牢狱里的,不论犯罪轻重,一概处死。使者夜晚到来,丙吉关了门,拒绝使者说:"普通人无罪而死尚且不可,何况皇上的亲曾孙呢?"使者回去奏报武帝,武帝因此大赦天下。宣帝即位后,丙吉闭口不说以前保护宣帝的事情。

èr shí yī zhū yún zhé jiàn

二十一 朱云折槛

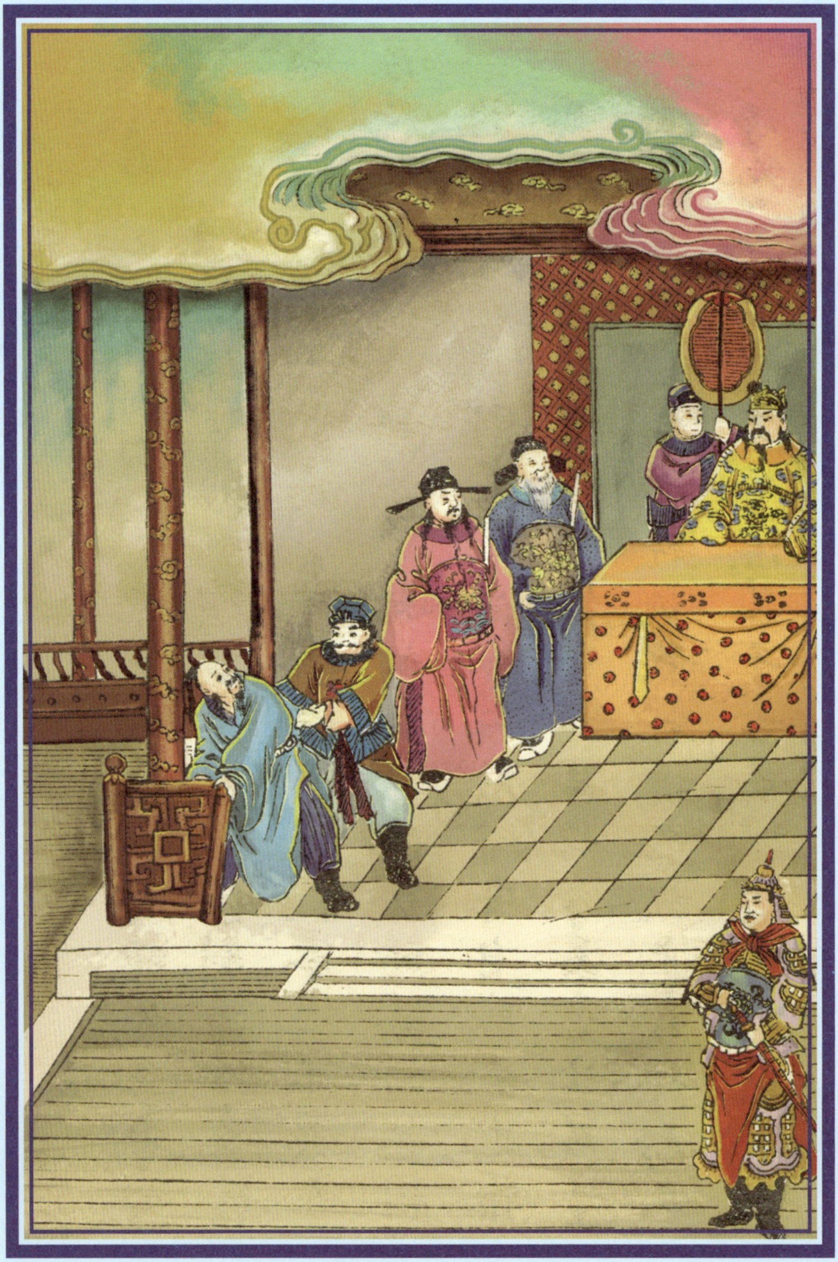

汉朝朱云，字游，是平陵人。朱云年少时轻财侠义，到四十岁的时候才发奋读书，改变了从前的行为。成帝的时候，朱云做了槐里县的县令，他上书皇帝说希望借尚方宝剑去斩奸臣张禹的脑袋。张禹做过成帝的老师，于是成帝大怒，命人斩掉朱云。御史拉着朱云离殿，朱云死死抓住御殿栏槛，把栏槛都折断了，大呼道："臣能够跟随龙逄、比干同游于地下，足够啦！"皇上怒气消解之后，有所觉悟，于是赦免了朱云，还命人不要修理那个折断的栏槛，以表彰直言敢谏的臣子。

二十二　陵母伏剑

汉朝的王陵从前是县里的豪杰。汉高祖刘邦尚未出名的时候，把王陵当哥哥一般看待。等到高祖在沛县起义了，王陵也聚合了几千人，把军队归属汉王。楚王项羽和汉王刘邦是敌对的双方，楚军把王陵的母亲捉了去，困在军队里。王陵派人到楚营去，楚军就把王陵的母亲朝东坐着，意思是想要把王陵招来投降楚国。王陵的母亲私下送走使者，流着眼泪说："代我告诉王陵，好好地服侍汉王。汉王德高望重，不要因为我的缘故，怀有异心。告诉他说我已经死了。"说完就用剑自刎而死，项羽对此非常生气，就把她放在锅里煮了。后来王陵终于跟随汉高祖平定了天下，一直做官做到了宰相，还封了侯，这个侯爵传了五代。

èr shí sān féng fēi dāng xióng

二十三 冯妃当熊

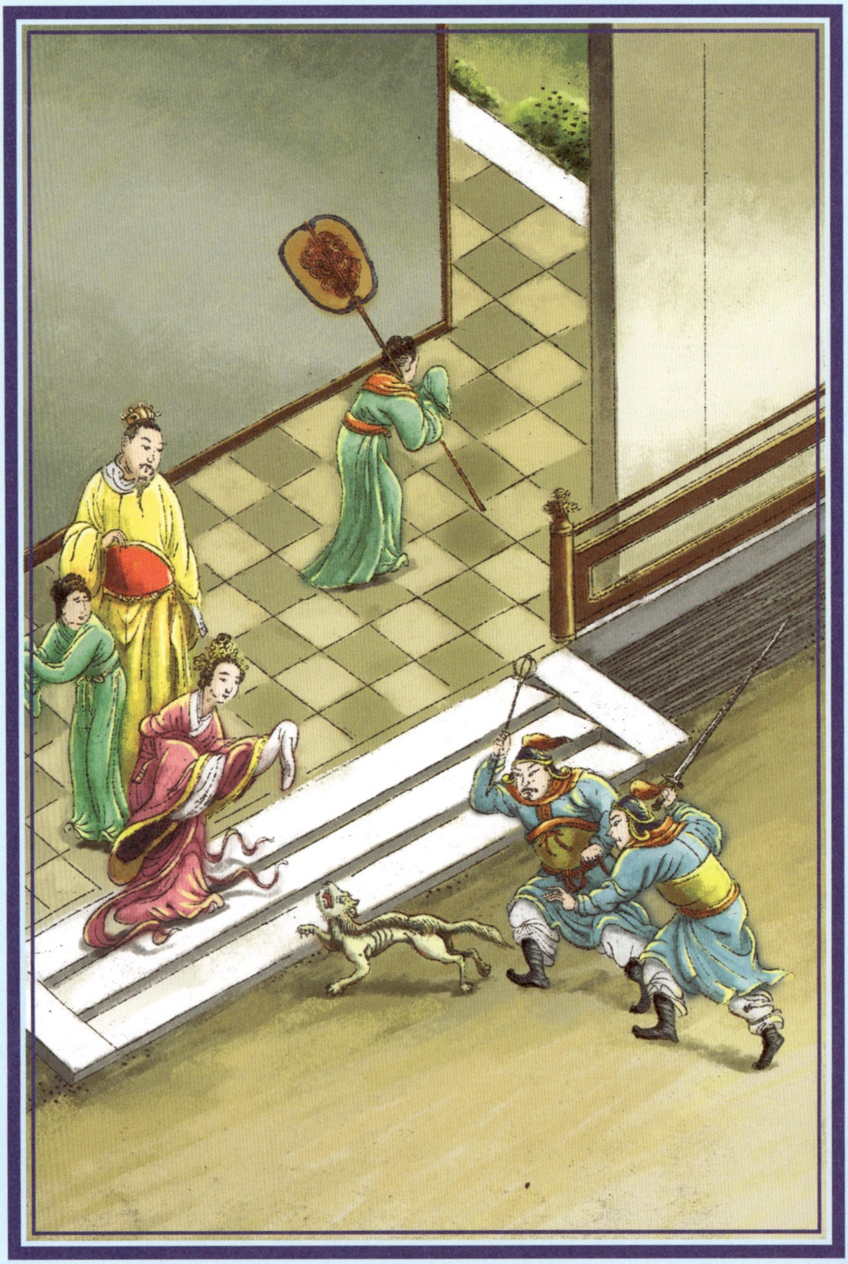

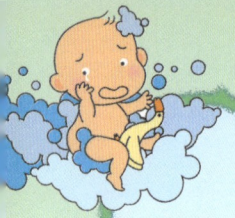

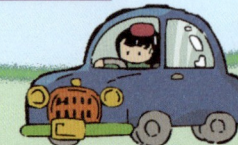

汉朝的冯昭仪,服侍汉元帝做婕妤时,有一天汉元帝到虎圈里去看野兽相斗,后宫里的人都跟随着去。忽然有一只熊逃出了圈槛,攀着栏槛要跑到殿上来。后宫里的人个个都惊惶失措地跑开了,独有冯婕妤一个人挺身上前,挡住熊的去路。左右的人合力把这只熊击杀了。汉元帝问她为什么独自挺身上前,挡住熊而不害怕呢。冯婕妤回答说:"凶猛的野兽,只要抓到一个人,就会止步了。我担心这只熊侵犯到皇上的御座来,所以用自己的身体去挡住它。"汉元帝听后很感动,更加敬重冯婕妤,后来立她为昭仪。

èr shí sì fán kuài hóng mén

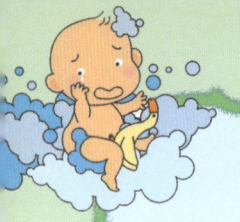

二十四 樊哙鸿门

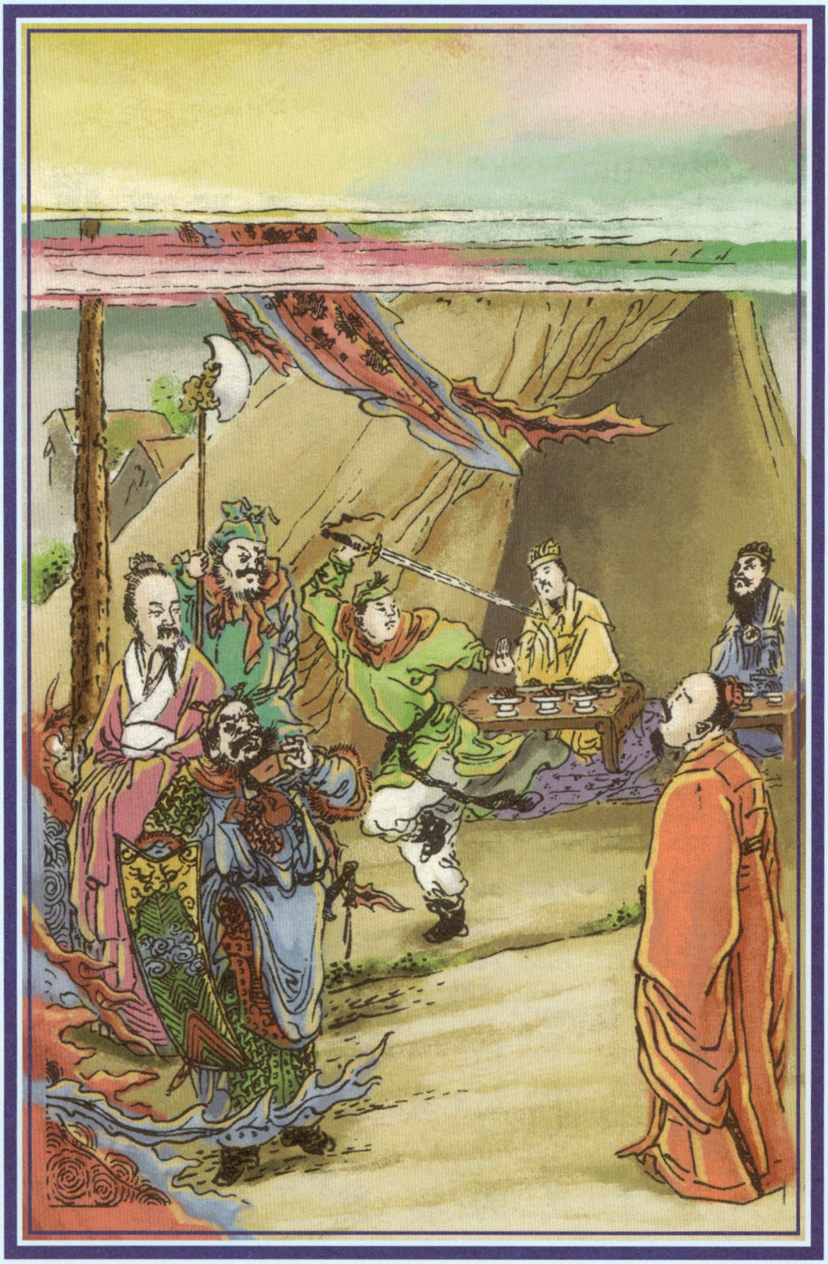

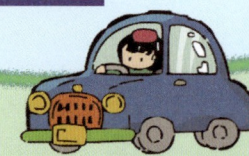

汉高祖刘邦在做沛公的时候,和项羽在鸿门这个地方相聚宴饮。项羽有杀沛公的意思。他的手下项庄拔出宝剑伴乐挥舞,表面是为宴会助兴,实际他的目的是刺杀沛公。樊哙带了宝剑,持着盾牌冲进来,瞪着眼睛看项羽,头发都向上竖了起来,眼眶子都裂开了。项羽见了就说:"这真是个勇士!赏给他一杯酒,一只生猪腿。"樊哙马上把酒喝了,把肉吃了。项羽说:"你还能喝吗?"樊哙说:"我连死都不回避,一杯酒哪里值得推辞?"沛公感觉到了危险,于是借口上厕所,在樊哙竭力保护下,逃脱回到了霸上营中。

二十五 许杨械解

汉朝的许杨,是汝南人。郡中有个鸿却陂,已经毁坏很久了。太守邓晨想要修好鸿却陂,恢复陂蓄水的功能,他听说许杨懂得水脉,便邀请他来参与商议这个事。最终建造了一条四百多里长的塘,百姓们都因这条塘而受惠。后来,当地的豪强诬陷许杨收受贿赂,邓晨就把许杨收押关进牢里,然而锁着许杨手足的刑具总是自动解开。监狱官把这件怪事告诉邓晨。邓晨说:"罪名果然虚妄不实啊!我听说忠信可以感动神明,现在这件事就验证了啊!"当天夜里就把许杨放了出来。这时候天色已经很暗了,路上却好像有亮光照着许杨走,当时的人都对这件事感到惊奇。

èr shí liù　bān chāo bú jiù
二十六　班超不疚

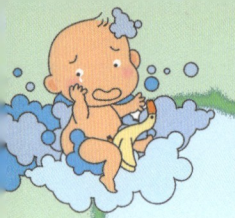

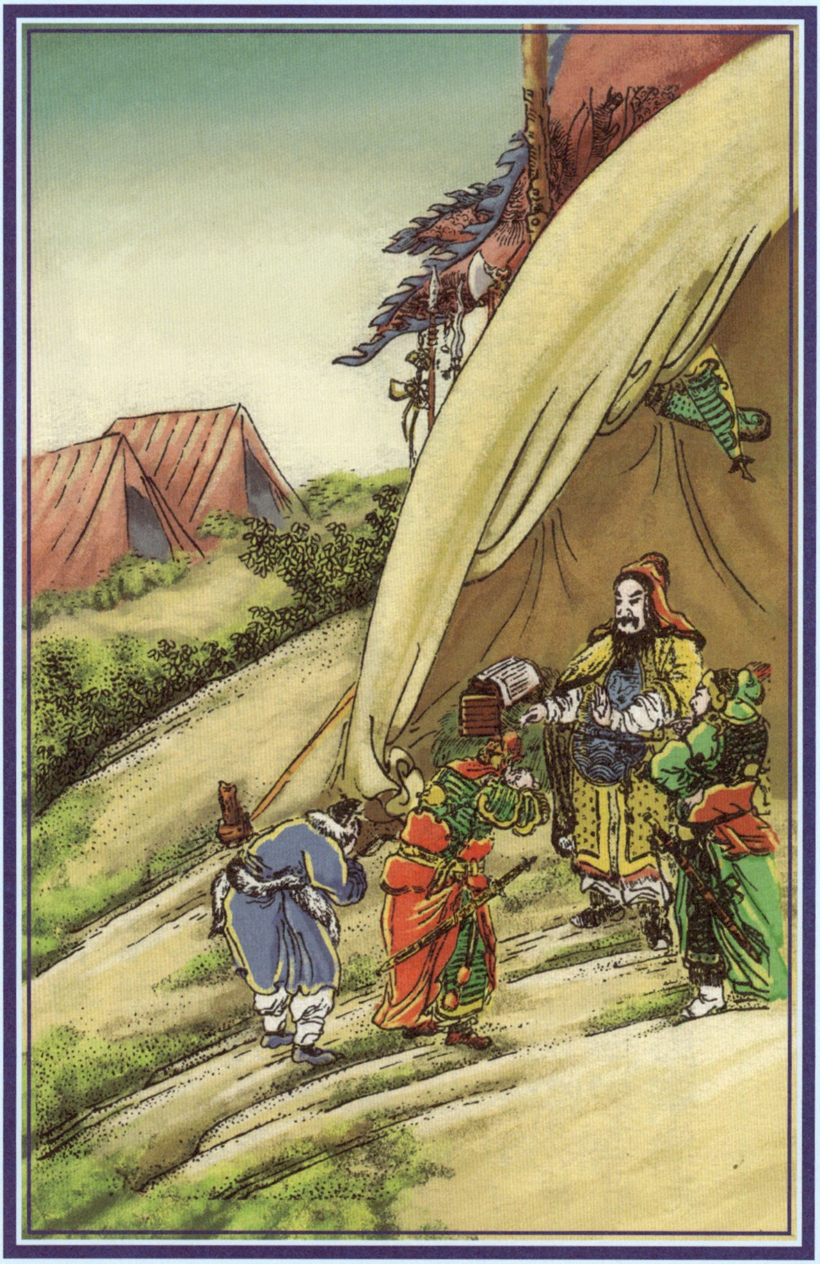

汉朝的班超,字仲升。他弃笔从戎,在西域战场立下了战功,平定了外邦骚乱,于是外邦各国国王都派遣自己的儿子入汉朝奉侍。李邑在皇帝面前中伤班超,说班超抱着爱妻、爱子,在外国享受安乐,没有顾念自己国家事务的心了。班超知道后就赶走了妻子。皇帝知道班超是忠心的,就责令李邑到班超那儿去谢罪,并且命他接受班超的管束。李邑到了以后,班超立刻派他带领乌孙国国王的儿子回朝。徐幹就对班超说:"李邑之前在皇上面前毁谤你,现在不能轻易地打发他回去。"班超说:"一个人只要自我反省时内心并不感到惭愧不安,哪里需要在意别人的评议呢?把他留下以快私意,不是忠臣会干的事啊。"

èr shí qī zhāng gāng mái lún

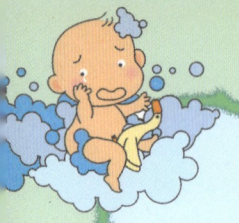

二十七 张纲埋轮

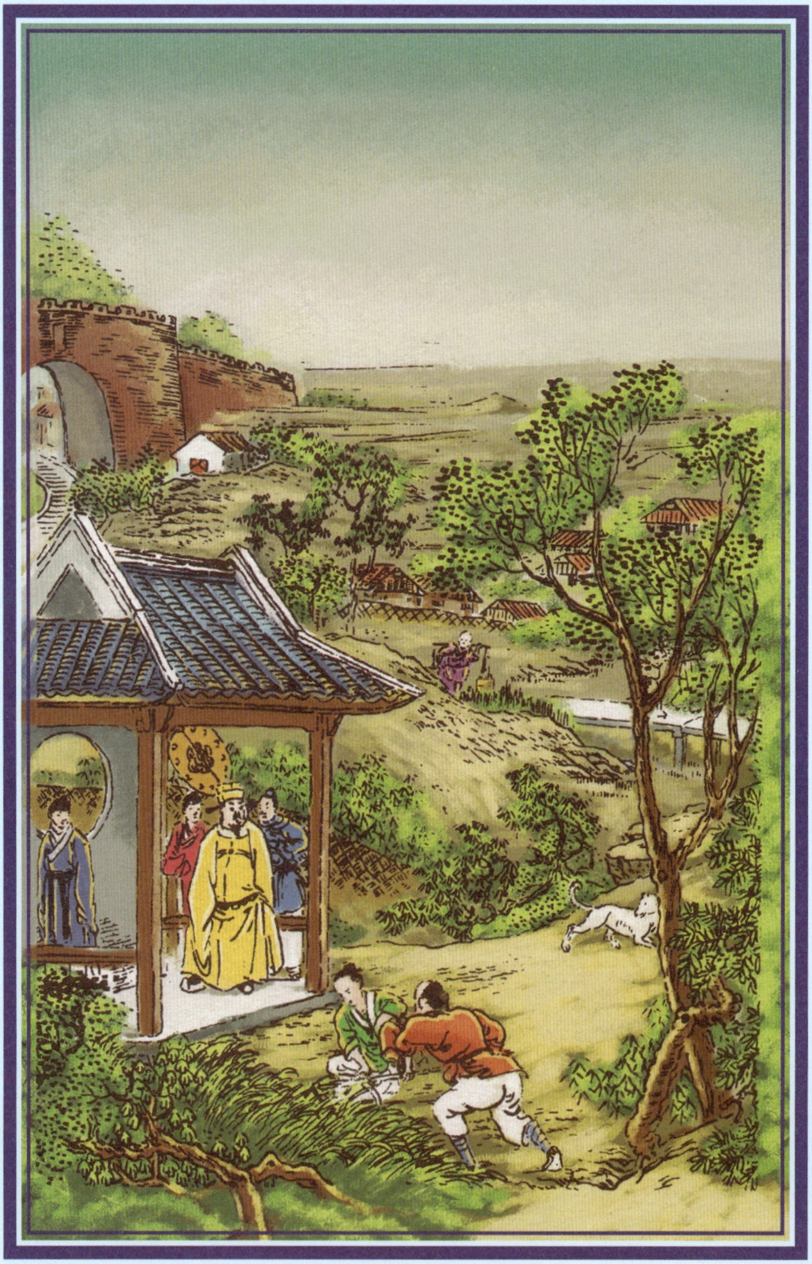

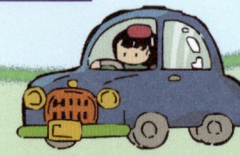

汉朝的张纲,字文纪。年幼时就懂得经学,具有忠正的气节。在顺帝朝里担任御史官。他和杜乔、周举、周栩、冯羡、栾巴、郭遵、刘班共八个人,受了皇命,分头到各州各县去巡视,表彰贤良,纠察贪污。杜乔等七个人便到指定部门去巡查,只有张纲把自己的车轮藏在了洛阳都亭的下面,他说:"豺狼当路,安问狐狸?"于是就弹劾当朝国舅、大将军梁冀和河南太守尹不疑等位高权重的奸恶之人。他的奏章上奏到皇帝那里,震动了整个京师。

èr shí bā gǒu liú bǎo chéng

二十八 苟刘保城

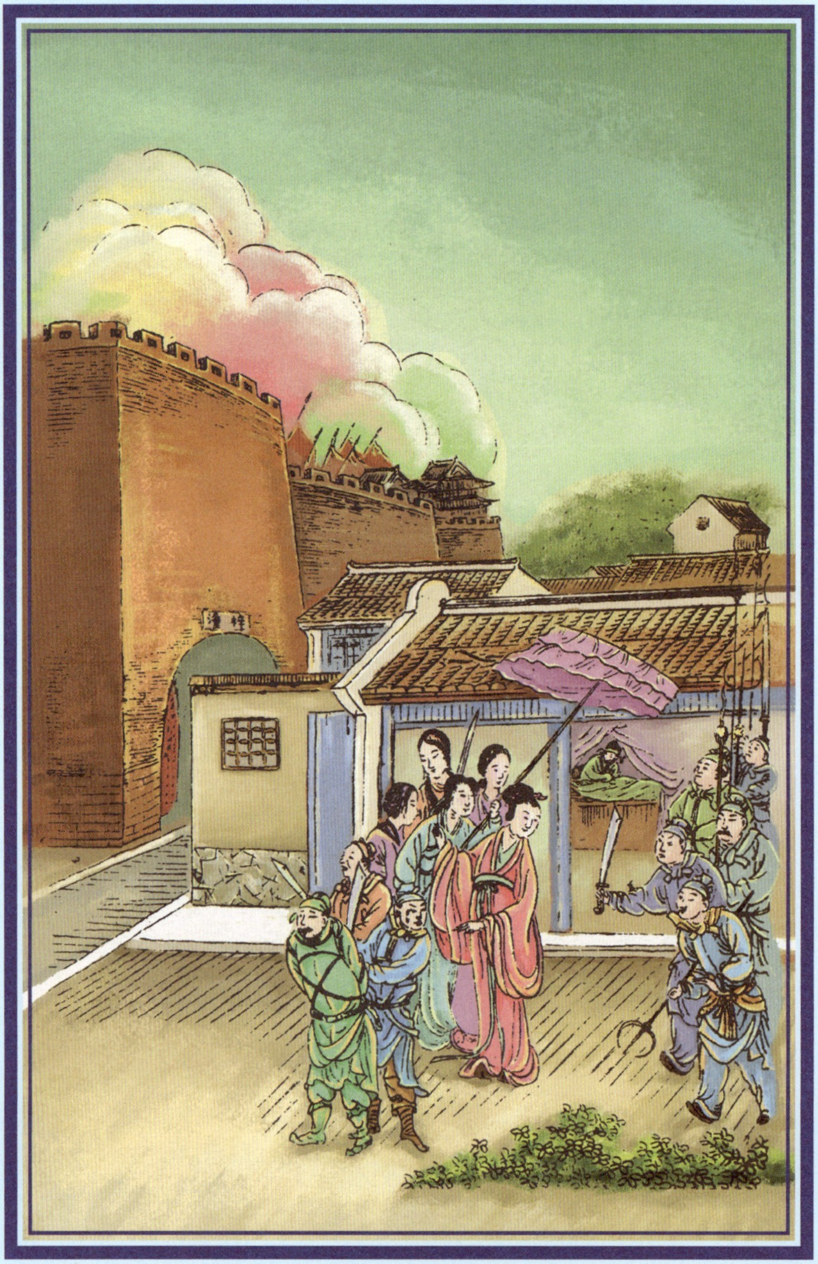

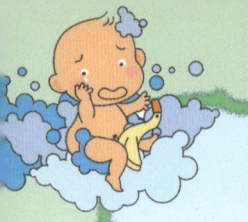

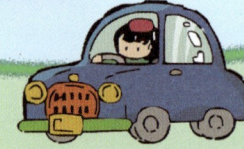

北魏的苟金龙戍守梓潼县兼管边关防守事务。梁朝的皇帝派兵来围攻关城,苟金龙正生病,众人都非常担忧恐惧。苟金龙的妻子刘氏带领城里百姓去修理打仗用的武器,只用了一个晚上的时间就修理好了。城里的兵士拼死抵抗梁朝的军队,一百多天后死伤超过一半。这时边关的副守官高景暗地里谋反,刘氏知道后就把他斩杀了。刘氏自己和将士们分着衣裳穿,减省着粮食吃,和将士们同担劳苦,共享安逸。当时的水井是在外城的,外城被敌人攻陷后,关城里便断了水。刘氏把城里老老小小的人都召集来,用尽忠尽节的大道理来开导他们,然后一个接一个地向上天祷告。不一会儿,天上就下起了大雨,因此人心更加稳固了。这时,益州的救兵也到了,于是关城就解了包围。

二十九 嵇绍卫帝

晋朝的嵇绍,字延祖,其父嵇康是"竹林七贤"之一。他侍奉母亲非常孝顺,后来做官一直做到了侍中。河间王和成都王起兵造反,嵇绍跟从晋惠帝,和二王在荡阴打仗,结果朝廷的军队大败。百官纷纷逃走,侍卫也都溃散,只有嵇绍独自一个人用身体护卫惠帝。飞箭像雨一样聚集射过来,嵇绍被射死了,他的血溅到了惠帝的衣服上。等到乱事平定以后,惠帝身边的侍从想要浣洗那件血衣,惠帝说:"这是嵇侍中的血,不要洗。"

sān shí zhū hán xīn chéng

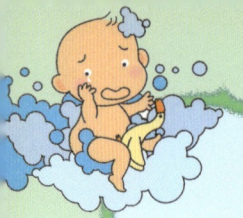

三十 朱韩新城

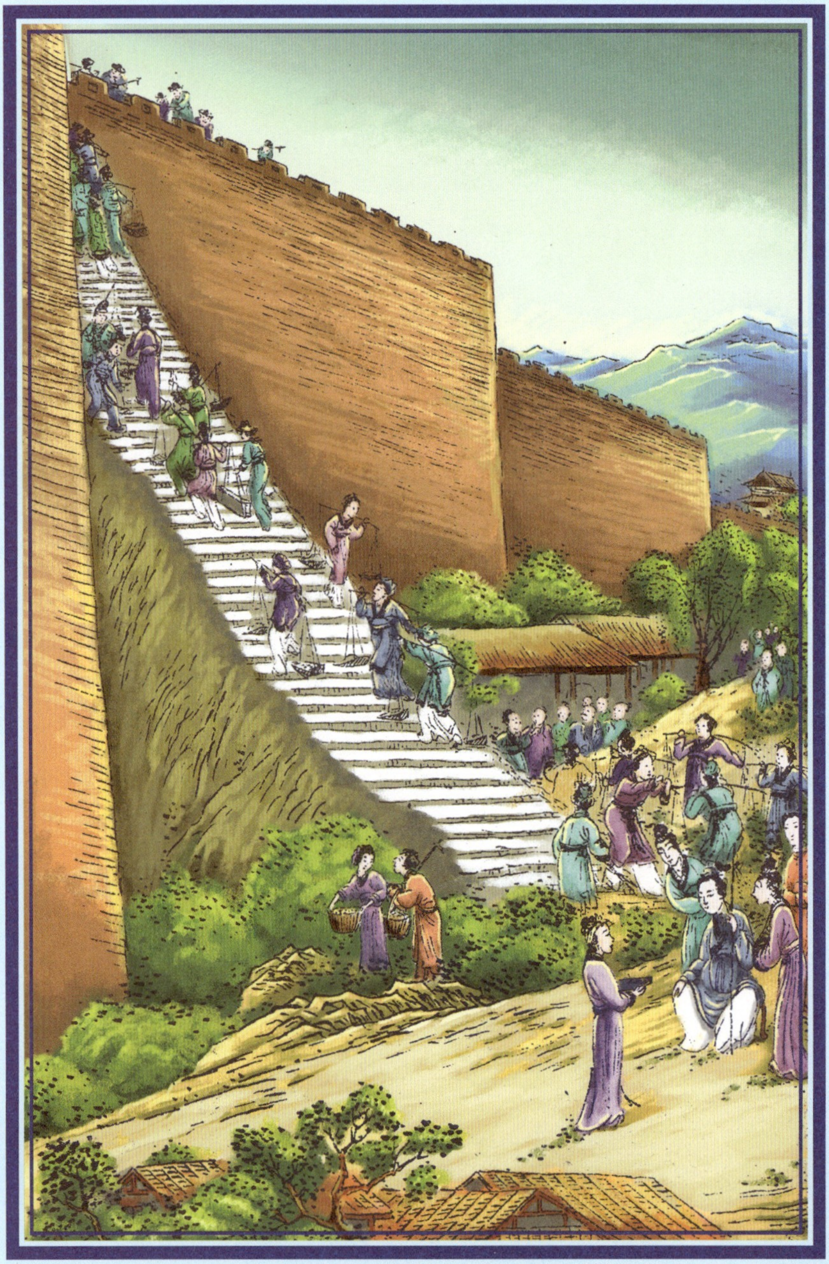

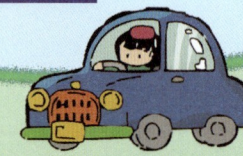

晋朝时的朱序,是梁州的刺史,镇守襄阳城。秦国苻坚的军队要来入侵进犯襄阳城。朱序的母亲韩老夫人,亲自走上城头去实地勘查。走到西北角的防御城墙时,韩老夫人认为不够牢固,就带领了一百多个仆婢,以及襄阳城内的妇女们,在西北角处斜向筑起了一面二十多丈长的新城墙。后来秦国的军队到了,围困住襄阳城,朱序坚守城墙。秦国军队看粮草快用完了,便疾速地攻城,西北角的旧城墙果然塌了,朱序的军队坚守着新城墙,秦国的军队只好退回去了。襄阳人因为这个缘故,就命名这座新城墙为"夫人城"。

三十一　敬德瘢痍

唐朝的尉迟恭,字敬德。他服侍秦王李世民的时候,隐太子写信要招纳他,并且送了他一车的金器。尉迟恭坚决地辞谢不受。秦王称赞他的心好像山岳一样,不是金子可以移得动的。后来秦王做了皇帝,他对尉迟恭说:"有人说你要造反,这是为什么呢?"尉迟恭回答道:"我跟从陛下经过了几百次的战争,才打定了天下,为什么要反呢?"于是就解开衣服,扔在地上,把身上留下的枪箭疤痕给太宗皇帝看。太宗流着眼泪抚摸他的疤痕。

sān shí èr　zhēn qīng jìng jié
三十二　真卿劲节

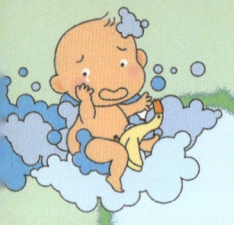

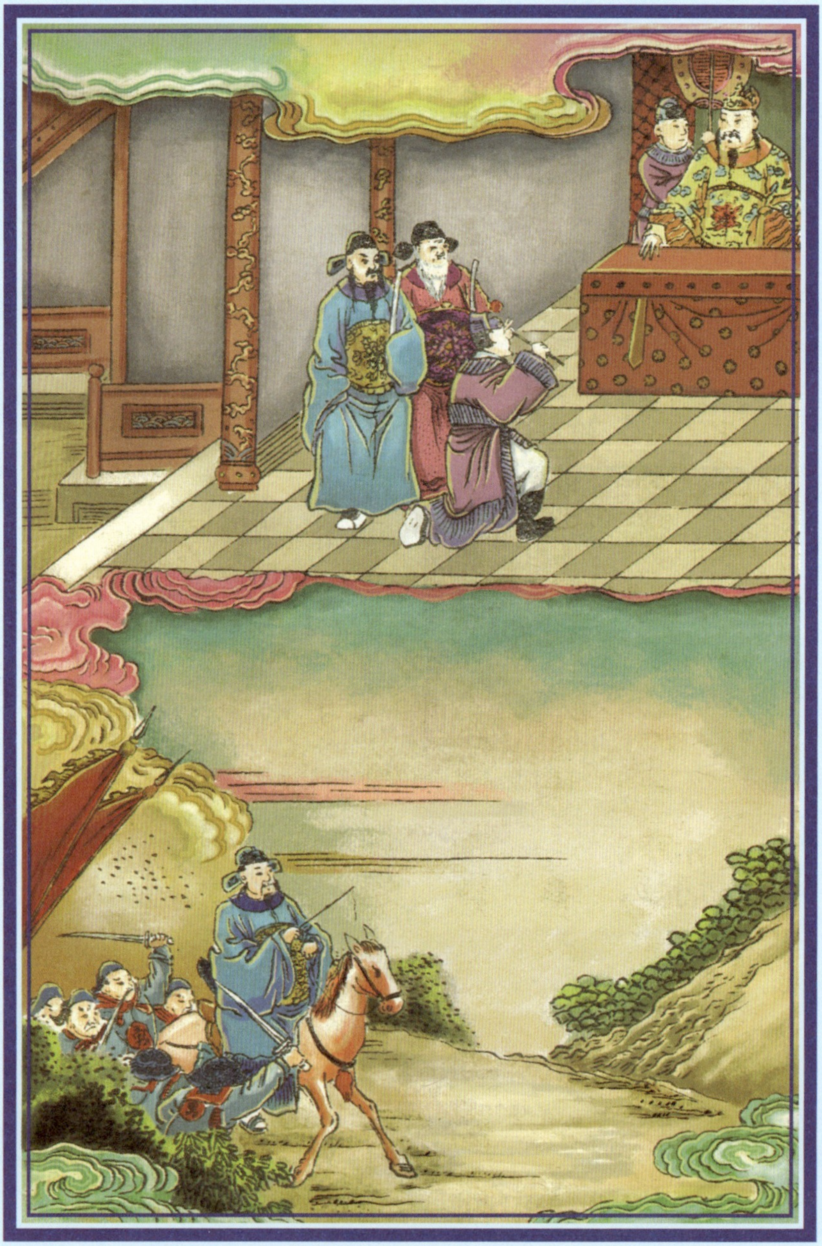

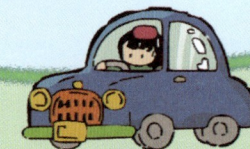

唐朝的颜真卿,在平原郡当太守。安禄山起兵造反,只有颜真卿独自倡义去讨伐他。玄宗皇帝正在感叹河北地方没有忠臣时,听说了颜真卿的义行,就说道:"我不知道颜真卿是怎么样的一个人,竟能够有如此的忠心!"后来李希烈也造反,皇帝下诏让颜真卿去劝谕李希烈。李希烈想让颜真卿投降他,真卿就大声地呵斥道:"你知道我的哥哥颜杲卿骂贼骂到死的事情吗?我只知道守节!"李希烈于是向颜真卿谢罪。

sān shí sān　yuán fāng jǔ zhī

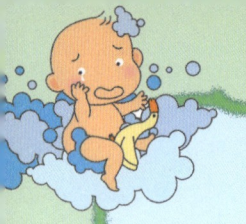

三十三　元方举知

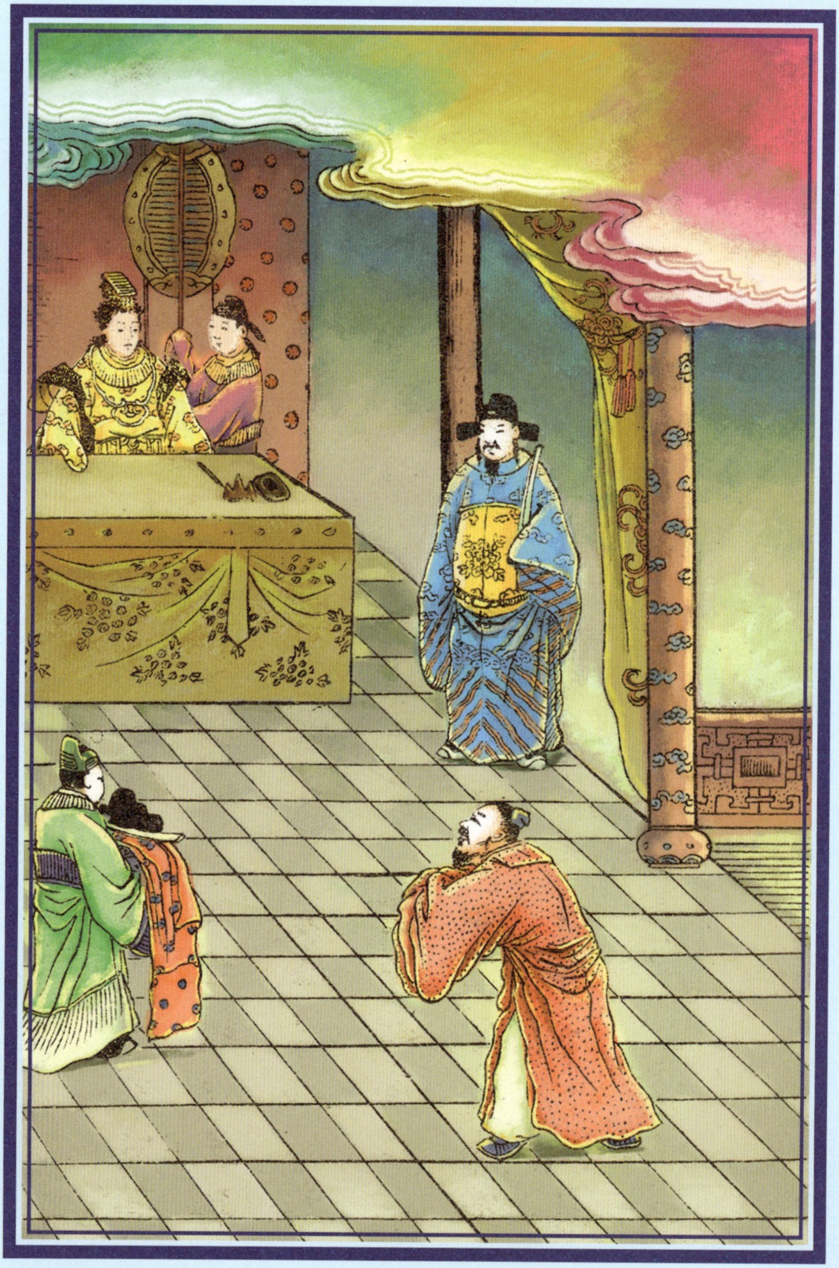

唐朝陆元方,升任吏部侍郎后,有人向武则天说陆元方推荐的人才都是他的亲戚乡党。武后听后非常愤怒,把陆元方免去官职,令他以白衣人的身份管理事务。元方仍然像从前一样推荐人才。武后当面责问他,陆元方对答道:"我是举荐我所了解的人才,不去问他是我的仇人或者是跟我亲近的人。"武后知道元方没有其他用心,就重新封他为鸾台侍郎。陆元方在临终时取出从前做的奏章草稿,全部用火烧掉,说:"我积下了阴德在人间,我的后代一定会兴旺起来。"后来果然如他所说的那样。

sān shí sì lǐ jiàng shàn jiàn

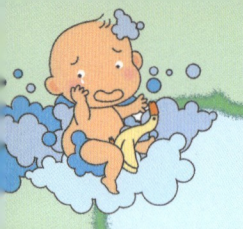

三十四 李绛善谏

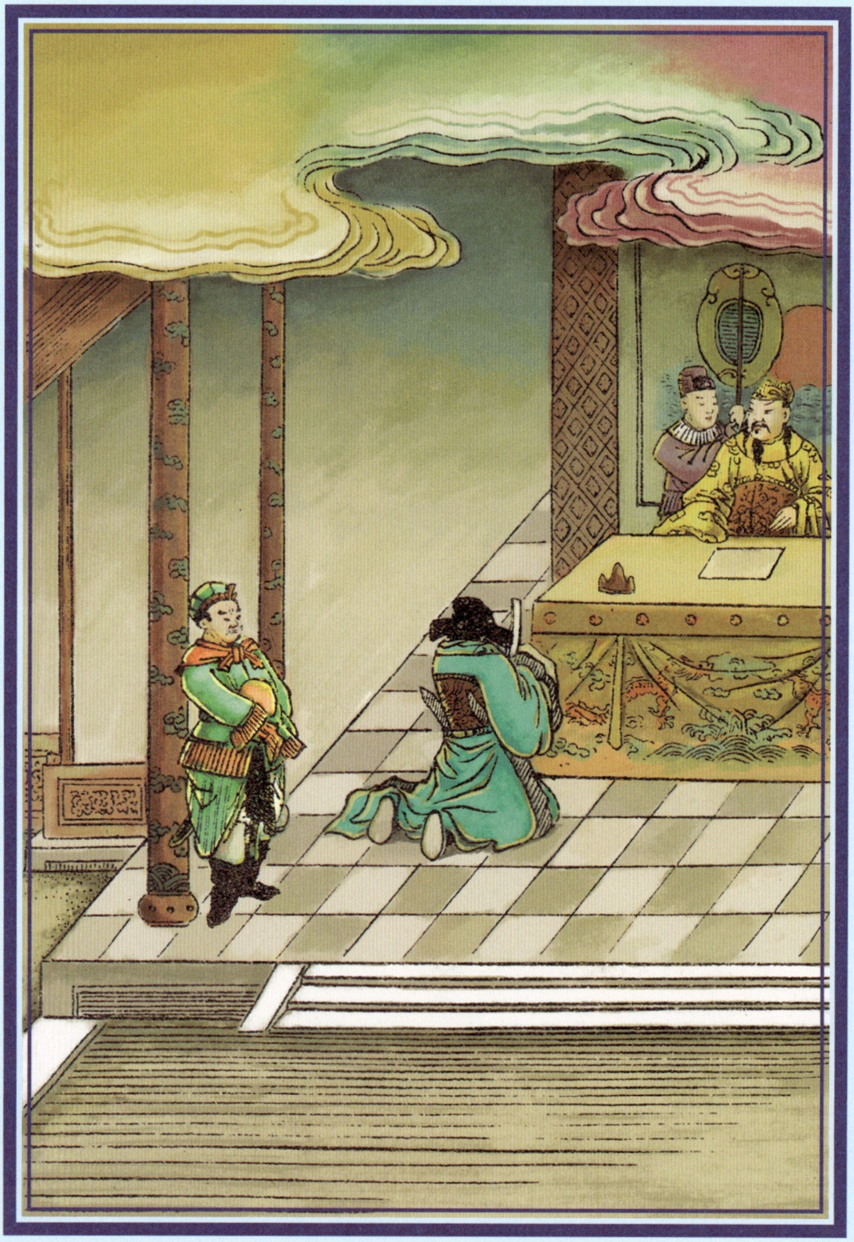

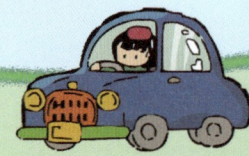

唐朝的李绛,善于劝谏。皇上想要治白居易的罪,李绛说:"因为皇上能够容纳正直的谏言,所以群臣敢于进谏。白居易的本意在于表白他的忠诚,现在皇上降罪于他,恐怕天下人都要把嘴闭上了!"皇帝听后,脸色变得和悦而且打消了治罪白居易的念头。皇上曾经责怪李绛说话也太过分了,李绛就流着眼泪说道:"假使我因为惧怕陛下身边的人,爱惜自己而不肯说真话,那么是我负了陛下;假使我说了真话而陛下不喜欢听,那么是陛下负我了。"皇帝听了这一番话很有感触,怒气便消了。

三十五 李沆不阿

宋朝李沆做宰相的时候,屡次把四方的水灾旱灾和盗贼的事情,直接向皇上禀报。皇帝问他治理天下之道,最重要的是什么。李沆对答道:"这首要的是不任用性情浮薄、新进官阶、喜欢生事的人。"皇帝曾经对李沆说:"别人都有密呈送给朕,为何唯独你没有?"李沆说:"臣当着待罪的宰相,有公事就公开向您报告,又何必用密折奏给皇上呢?更何况秘密的奏议,不是想谗言告状,就是巧言谄媚!"

sān shí liù zhǎng sūn guī jiàn

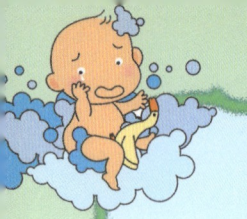

三十六 长孙规谏

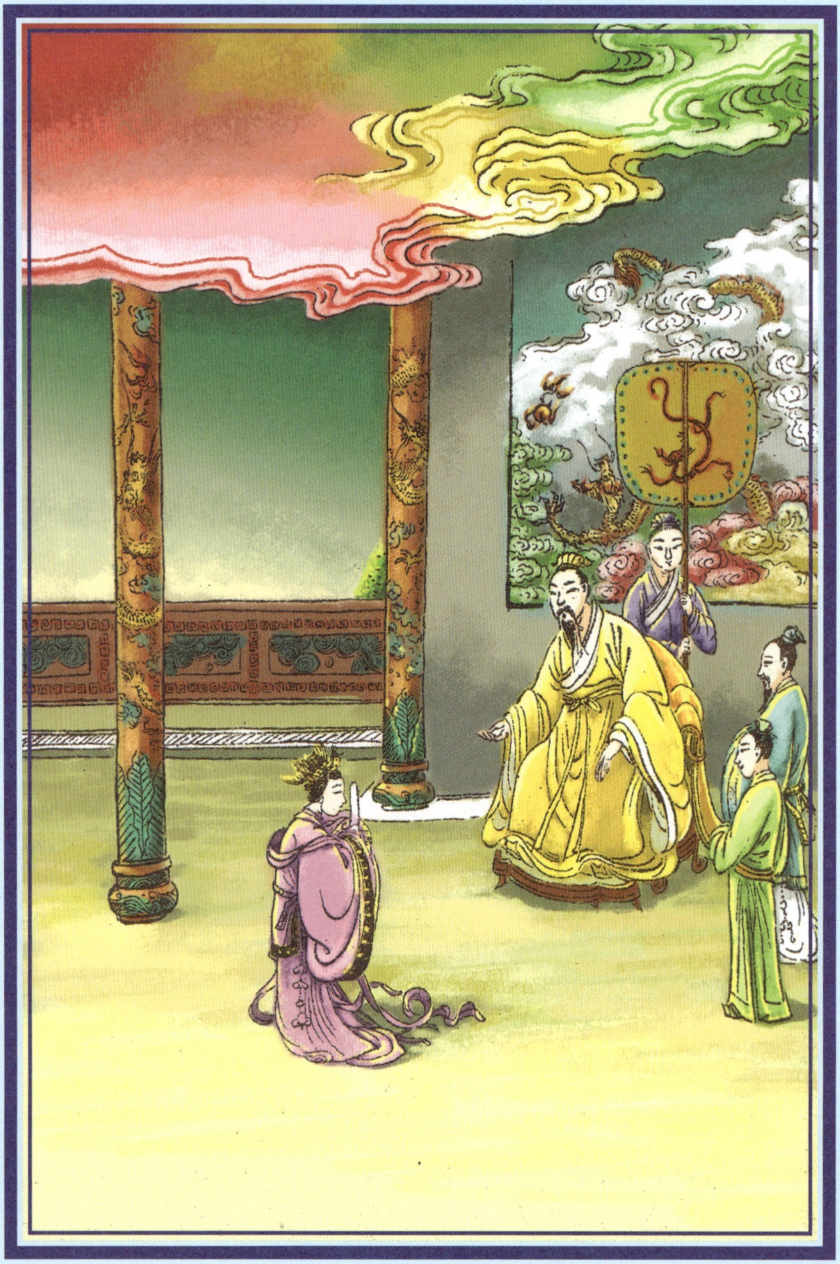

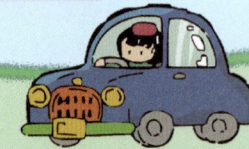

唐太宗的皇后长孙氏，无论是讨论国家事务，还是提出兴革建议，她每每尽力规谏。唐太宗有时候拿不当罪名责罚宫人，长孙皇后也假装发怒，请求太宗允许她亲自审问。等到皇上怒气平息了之后，皇后就慢慢地替冤枉的人申明冤情，洗清冤屈。有一次，长孙皇后在皇上面前，称赞魏徵是一个能够匡扶社稷的臣子，同时还穿了朝服，站立在庭前，恭贺太宗能够容纳直言。后来长孙皇后病情危急，和皇帝诀别的时候，诚恳地对太宗说了很多有关国家政事的话。皇后死了以后，太宗哭得很悲伤，说道："从此以后，我到后宫里来，不能再听到规谏了。我失去了一个贤良的助手啊！"

sān shí qī rén jié zhí zòu

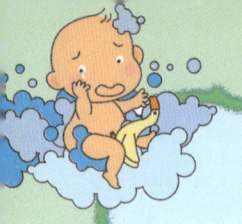

三十七 仁杰直奏

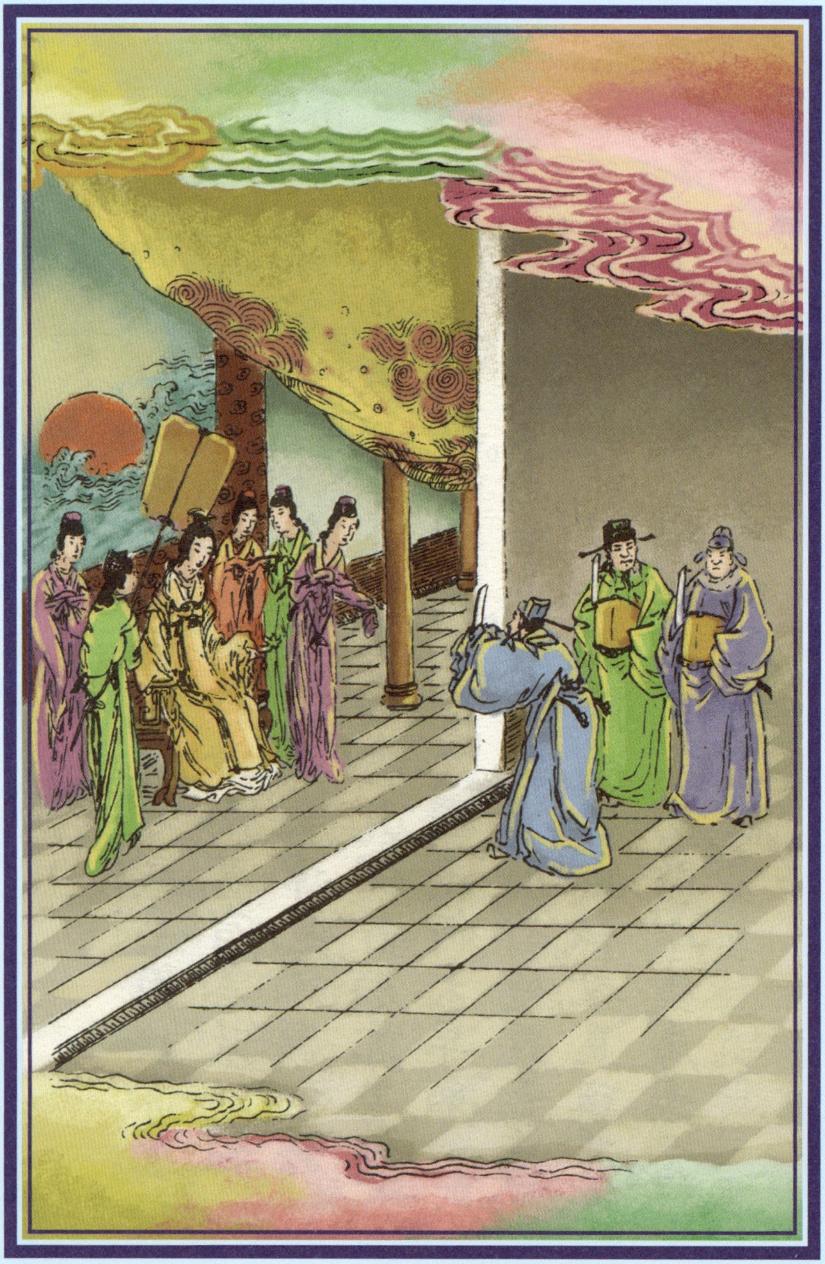

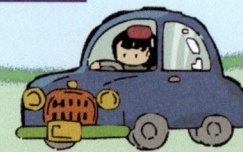

唐朝的狄仁杰直言敢谏,高宗皇帝常常称许他。武后僭号摄政之后,也屡次委屈心意听从狄仁杰的谏议。后来武后对他说:"你在汝南做官的时候,有着非常好的政绩。可是当时有很多人说你坏话,你想要知道这些中伤你的人是谁吗?"狄仁杰回答道:"皇上您知道我没有过失,这就是我的幸运了!我不想要知道中伤我的人的名字。"狄仁杰每次入殿去见武后的时候,武后常常阻止他下拜,说:"每次看见你下拜,我的身子也会觉得痛。"等到狄仁杰死了,武后低声哭着说:"从此以后,朝堂里就没有人了!上天为什么这么早就把我的重臣夺走了呢!"

sān shí bā　　hán xiū qiào gěng

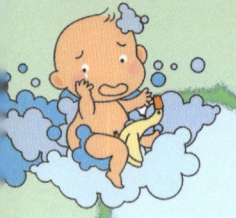

三十八　韩休峭鲠

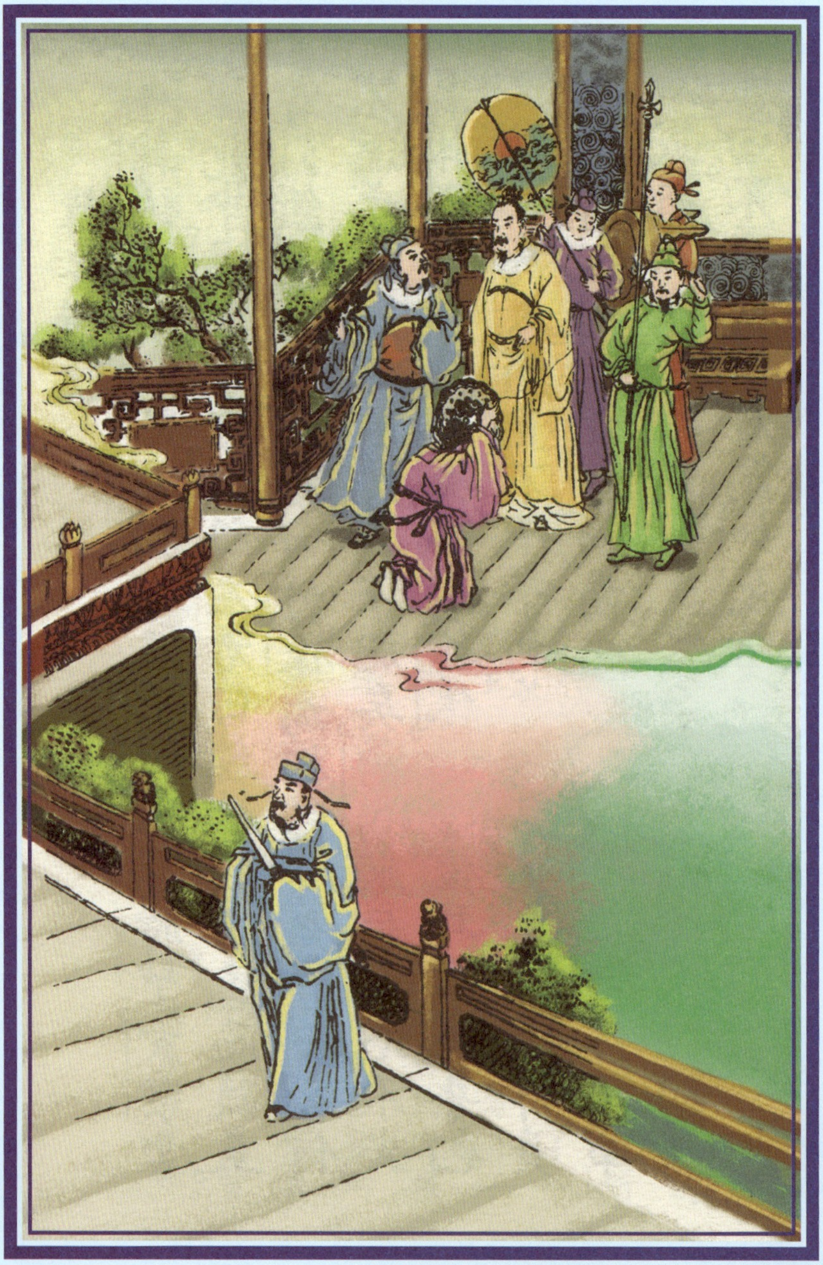

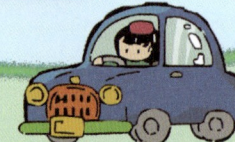

唐朝韩休，生性严正刚直。等到做了宰相，处理事情公平正直，不讲情面，因此他在当时享有公平允当的声望。玄宗皇帝曾经在宫中的禁苑里打猎，又或者大肆进行音乐表演，必定要问左右的人："今天的事情，韩休知道不知道？"果然过不多久韩休劝谏的奏章就到了。玄宗曾经持镜照面，沉默不语，心中很不高兴。左右的侍从就说："韩休做了宰相后，皇上没有一天欢乐的日子，何不把他驱逐出去呢？"玄宗皇帝说："他做了宰相后，我虽然身体瘦弱了，但是天下的百姓都长胖了。萧嵩很顺从我的意旨，我当时觉得很高兴，可是退下去之后我的内心就会觉得不安；韩休虽然竭力辩争，我当时觉得烦恼，可是退下去之后我的心里就很安然。我用韩休做宰相，是为了国家社稷，不是为了我自己啊！"

三十九 韩琦撤帘
sān shí jiǔ hán qí chè lián

宋朝的韩琦在做宰相时,他的喜怒不会显现在脸色上。仁宗皇帝死时,英宗皇帝的年纪还幼小,曹太后就临朝代理国事。可是英宗和曹太后之间出现了很多是非,不利于国家的安定。韩琦决定用大策略来安定国家,韩琦想要太后归还政权。于是韩琦就拿了十几件事去禀报皇上,皇上判决得都很得当。韩琦就到曹太后那里去覆奏,并奏明是皇上判决的。曹太后对皇上判决的每件事都称赞说好。韩琦于是就向太后请求罢官离去。太后说:"宰相不能离开,是我应当回到深宫里去了!"于是就起身走了。韩琦立刻大声命令撤掉听政的帘子。那帘子收落的时候,还看得见曹太后离去时飘起的衣襟。

sì shí wáng dàn jiàn xián

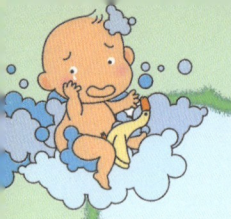

四十 王旦荐贤

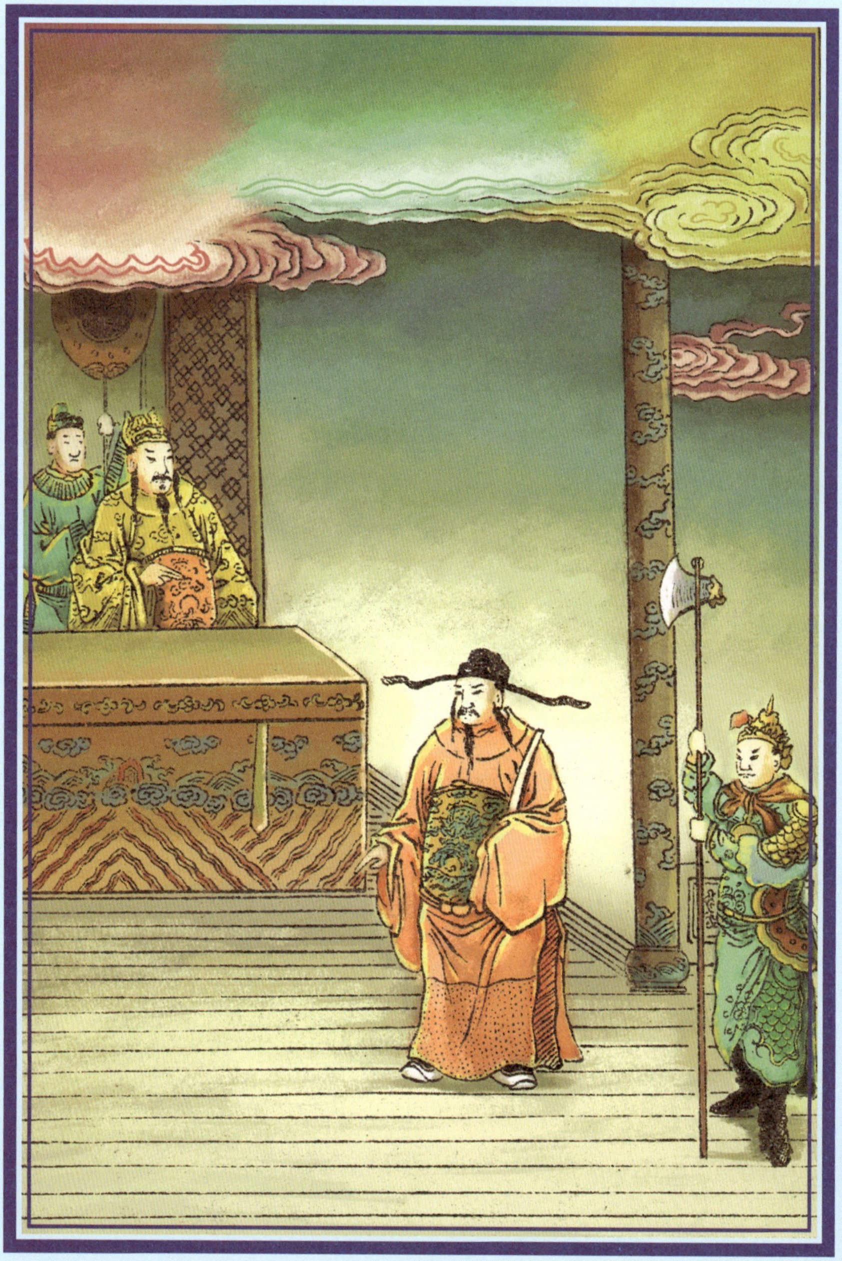

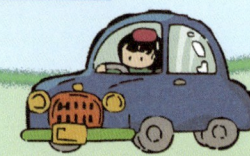

宋朝的时候,王旦做宰相,大臣寇准多次在皇上面前说王旦的短处,而王旦专门称赞寇准的好处。皇上对王旦说:"你称赞他好,可是他专说你的不好。"王旦回答道:"我做宰相很久了,错误和过失必定很多。寇准没有隐瞒,可见他的忠心正直。"寇准私下请求要做宰相,王旦道:"将相的大任,难道可以自己去求得来吗?"寇准对这件事怀恨在心。等到后来寇准升任为节度使,同中书门平章事(跟宰相同级)。寇准入朝拜谢皇上知遇提拔,皇上详尽地把事情真相告诉寇准,说这都是王旦所推荐的,寇准自愧不如,表示叹服。

四十一 岳飞报国
sì shí yī yuè fēi bào guó

宋朝岳飞,最擅长以少胜多的战术。在朱仙镇的战役中,岳飞用五百士兵,攻破了金朝大将兀术的十几万兵。后来秦桧和金兀术私通,假造了诏书,把岳飞父子召回来关进牢狱,让御史台中丞何铸去审问他们。岳飞把上身衣服撕开给何铸看,背上刺着"尽忠报国"四个字。何铸把这些情况告诉秦桧,秦桧改为任命万俟高去复讯,竟然用"莫须有"三个字定案,把岳飞杀害在风波亭。

四十二 红玉桴鼓

宋朝韩世忠的妻子梁红玉，深沉宁静，善于决断。当时金国的太子兀术兵分几路来入侵进犯，许多地方的守兵都被击败了。韩世忠等金兀术回兵的时候，在江中心截击他。梁红玉亲自拿了鼓槌，敲鼓助战，宋军士气因此增加百倍。金兀术终究不能渡过江去，于是把抢来的东西都归还了大宋。金军要求借条路走，韩世忠不答应；金军又添加了名贵的马，韩世忠依旧不答应。后来，金兀术用了一个福建人的计策，在晚上凿通河渠，秘密地逃跑了。梁红玉于是上书朝廷，说韩世忠失去军机，放走敌人，应当加以罪责。高宗因为韩世忠只带领了八千人的军队，去抵挡十万人的金军，并且扼制住了敌人的侵略，功劳已经不小了，不但没有责罚他，反而下诏去嘉奖、慰劳韩世忠。

四十三 蓝姐捕盗

宋朝王家的婢女蓝姐，跟随主人寄居清泥寺。有一天，主人家用酒食宴请客人，一直到很晚才散席，夫妻两人都喝醉了。夜里，有强盗进入王家，把家中的几个儿子和所有婢女都用绳子绑了起来。婢女们呼叫道："管钥匙的是蓝姐。"蓝姐应道："是的。你们不要使我的主人受到惊吓，我就把钥匙拿出来给你们。"强盗们答应了她。蓝姐就把所有的钥匙都给了强盗，拿着刚才酒席上用过的大蜡烛，给强盗们照路指引。于是强盗们把家中的金银器具、首饰全部取走了。等主人酒醒了，知道家中遭了抢劫，第二天早晨就到县里去告状。蓝姐秘密地告诉主人说："这班强盗容易捉到。强盗们都穿了白色的衣裳，我拿蜡烛为他们引路的时候，用蜡烛油滴在他们的后背作为记号。"官差依照蓝姐的话去查，果然把所有的强盗都捉住了。

sì shí sì xiào rú zhǎn cuī

四十四 孝孺斩衰

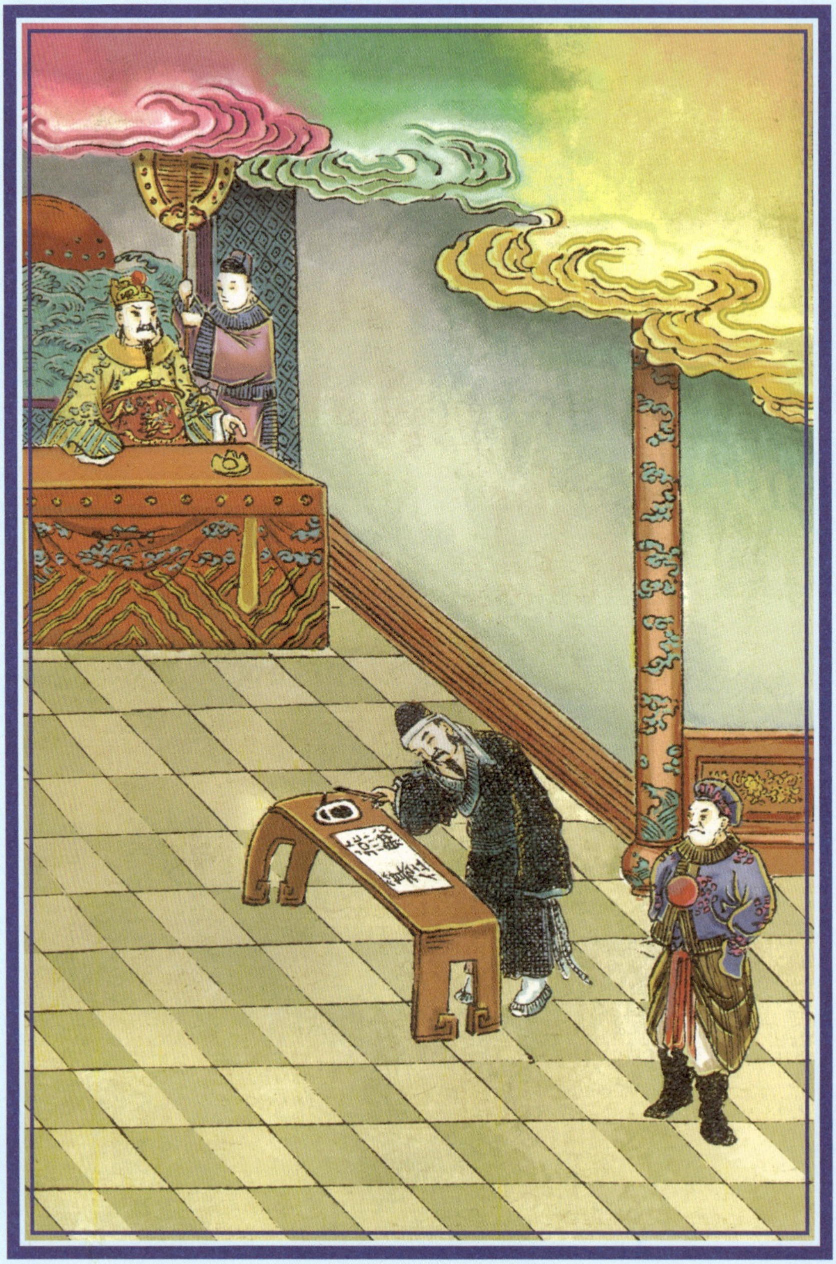

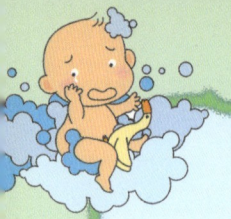

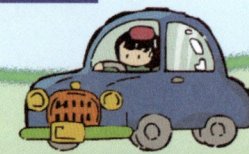

方孝孺是明初著名的理学家、文学家，但生性刚直。燕王朱棣起兵攻陷南京，推翻惠帝，夺取了皇位。燕王久闻方孝孺大名，于是召见方孝孺，想要任用他。方孝孺不肯屈服。燕王又命令他起草登基诏书，方孝孺就穿着斩衰的丧服，进去见燕王。大殿内充满了他悲伤恸哭的声音。燕王对他说道："我是效法周公辅佐成王罢了。"方孝孺说："成王在哪里呢？"燕王道："他自己烧死了。"方孝孺说："为什么不立成王的儿子为皇帝？"左右的人把纸笔给了方孝孺，方孝孺就写了"燕贼篡位"四个大字。燕王大怒，灭了方孝孺十族。

sì shí wǔ yú qiān qín wáng

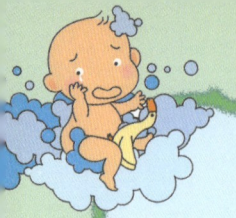

四十五 于谦勤王

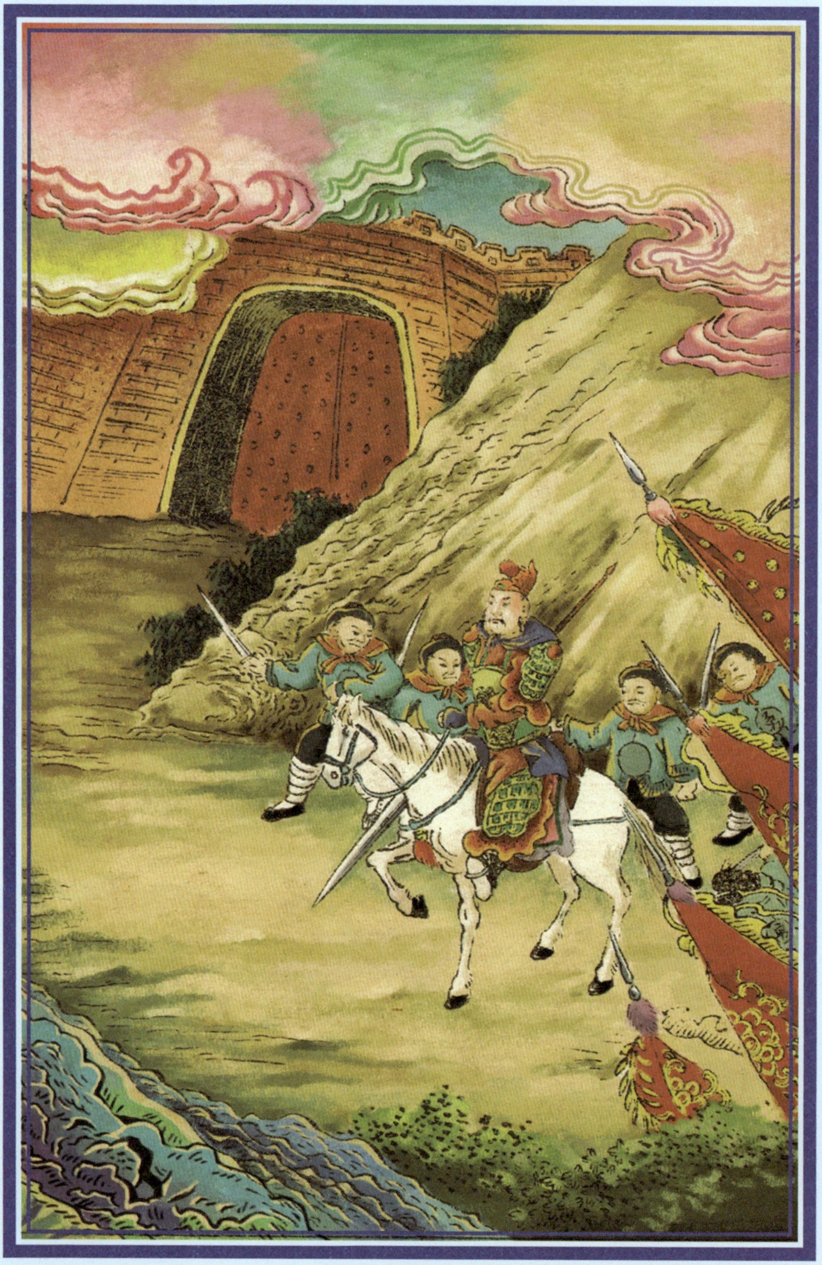

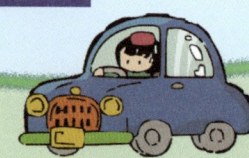

明朝时候，于谦劝谏阻止英宗皇帝亲自去征伐蒙古国瓦剌部的首领也先，英宗不肯听。后来英宗在一个叫土木的地方打了败仗，自己还给也先掳走了。京师里大为震动，大家都不知道怎么办才好。于谦写了檄文调动各地方的军队过去援助，又募集了民兵守御京城。也先见没有空隙可乘，就拥了英宗离开。后来明廷立了景帝做新君，也先愿意归还上皇请求讲和，于谦劝谏景帝把上皇迎接回来。后来石亨等人在英宗面前诬陷中伤于谦，于是英宗处死了于谦。处死的那天，天上布满阴沉沉的黑云，天下的人都知道于谦死得冤枉。

sì shí liù shǒu rén qiú xīn

四十六 守仁求心

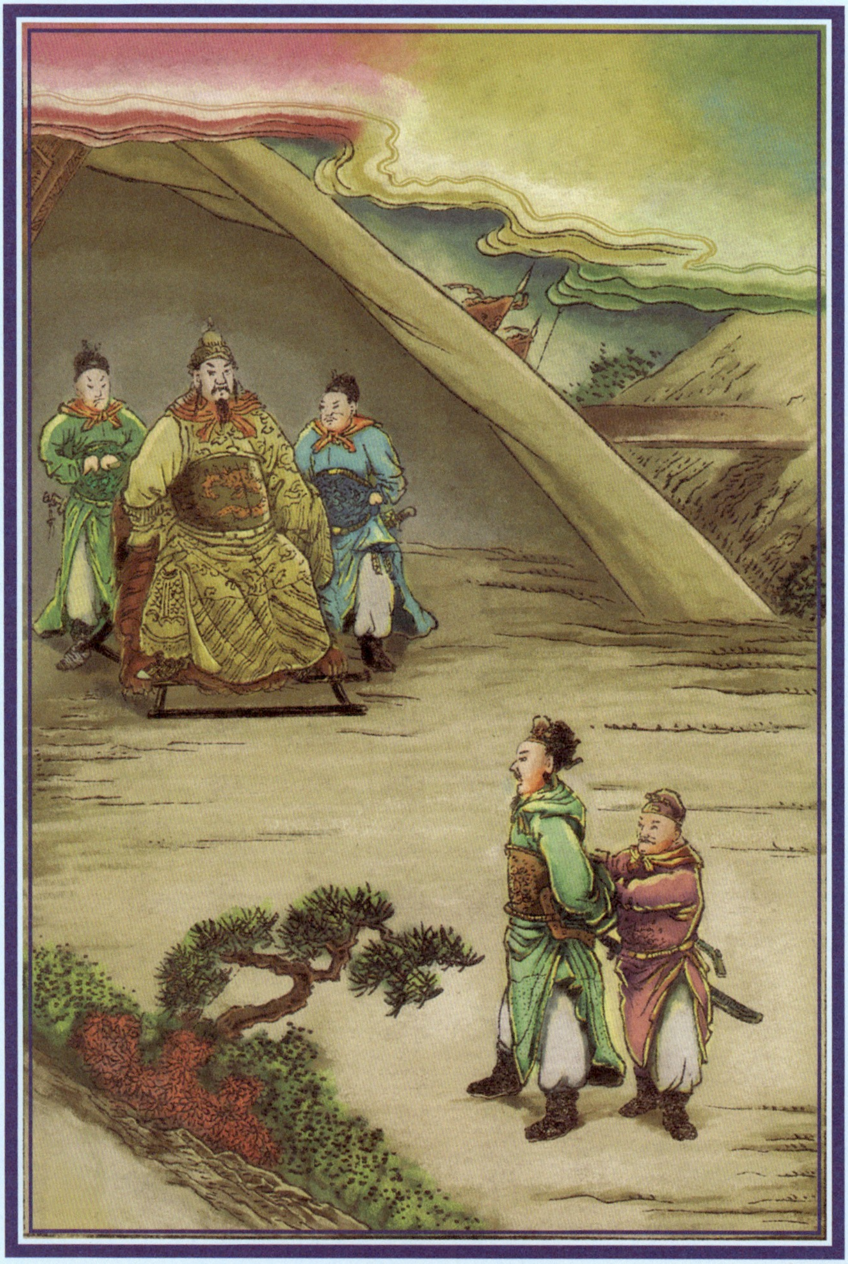

明朝时的理学家王守仁,被贬官到龙场的时候,忽然彻悟格物致知的道理,应当自己从内心上去探求,而不应当从外在事物上去寻求。他叹着气说:"大道就在这里啊!"后来各处的盗贼像群蜂一样拥起,王守仁亲自带领精锐的兵卒,攻破了四十多个盗寨、八十多个贼巢,平定了横行几十年的大强盗。宸濠造反,攻下了九江,逼近安庆。王守仁就趁此机会,偷袭了南昌。宸濠回转兵力去救援,王守仁把他们一举攻破,活捉了宸濠。

四十七 良玉破贼

明朝马千乘的妻子,名叫秦良玉,跟随着丈夫从军在外。南川一路的战功要数秦良玉第一,但是她从不言说自己的功劳。她所统率的部队号称"白杆兵",军中律令严肃,对待百姓秋毫无犯。她援救了辽左,解救了贵州,解除了成都的围困,收复了重庆。秦良玉后来又奉了皇上的圣旨,援救王室,拿出自家的财产来接济军队的粮饷;转战几千里,打了不少胜仗。等到流贼张献忠第二次到了四川,当权的人不采用她的计策,她就退守石砫,分布防线,严加戒备,贼人始终不敢去进犯她。秦良玉后来寿终正寝。

sì shí bā zhōng tóng gǎn mǎ

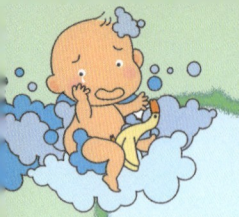

四十八 钟同感马

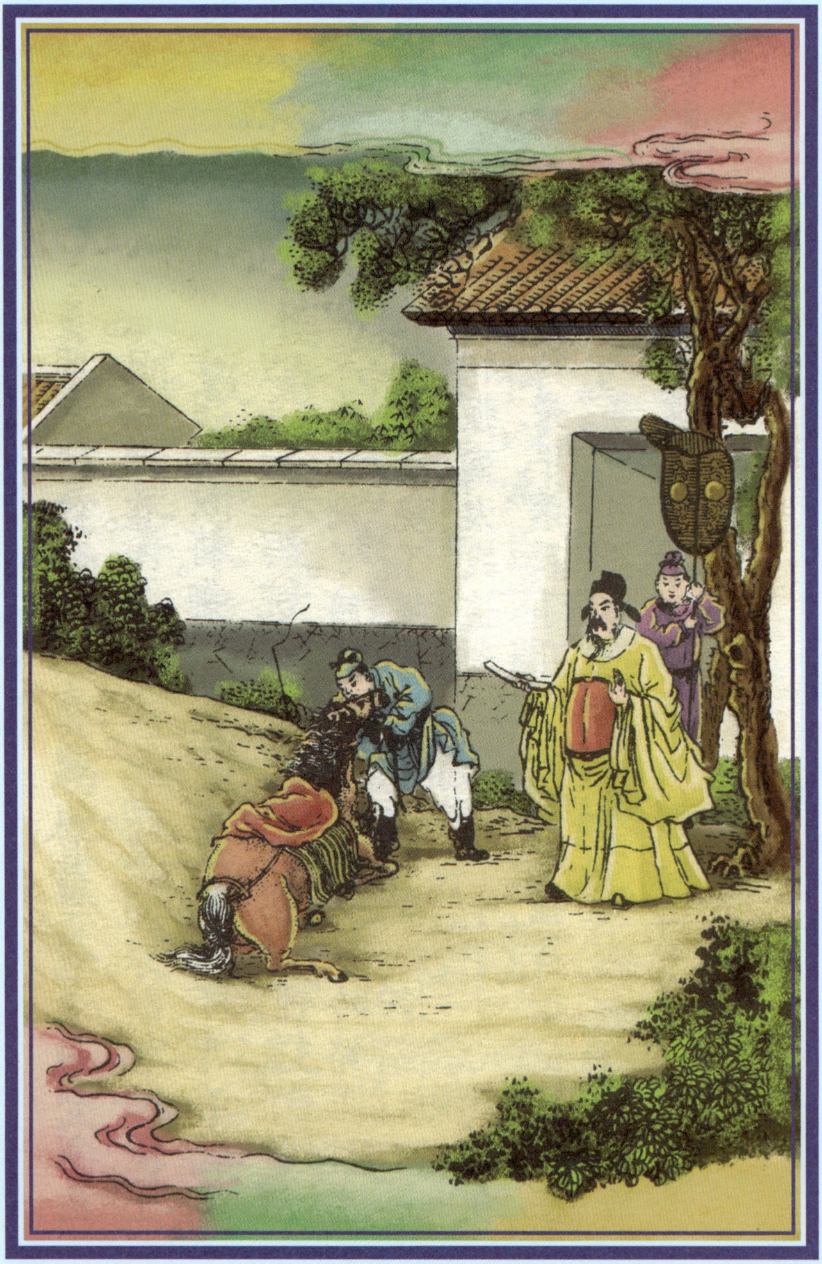

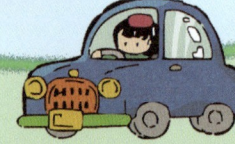

明朝时的钟同年幼时进入吉安县的忠节祠里,看见祠里所祭祀着的欧阳修、杨邦义等几个人,于是感叹说:"我死了以后进入不了这个忠节祠,那就不是丈夫了!"景泰年间,钟同做了御史官。因为要去朝廷向皇帝上奏章,讨论时政和故皇太子沂王的事情,所以骑马出门,可是那匹马似乎知道此去凶多吉少,伏在地上不肯起来。钟同大声呵斥道:"我不怕死,你为什么这样子呢?"那匹马盘旋进退了好几次才走。钟同死了以后,那匹马长叫了几声,也死了。后来英宗复位,追封钟同为大理寺丞,谥号为"恭愍",入祀忠节祠。